JN311908

小説
母里太兵衛

人物文庫

学陽書房

目次

小説　母里太兵衛

義兄弟の誓約

一

座敷は重くるしい空気に包まれ、小寺官兵衛萬吉《こでらかんべえまんきち》（のち黒田官兵衛孝高《くろだかんべえよしたか》）の秀麗な顔はいつになく厳しいものであった。

官兵衛の前に対座しているのは小姓の栗山善助《くりやまぜんすけ》（のちの栗山四郎右衛門備後守利安《しろうえもんびんごのかみとしやす》）と曾我萬助《そがまんすけ》（のちの母里太兵衛友信《もりたへえとものぶ》、黒田長政から命ぜられて毛利但馬守友信《もうりたじまのかみ》となる）である。母里は「ぼり」とも称される。官兵衛は二年前に家督を継いで、御着《ごちゃく》城主・小寺政職《まさもと》の家老職に就いている。

「話は、両人にある」

官兵衛がいった。まだ二十四歳であったが、武将としての貫禄は十分に備わっている。

「はい」

このとき十九歳の善助は、すかさず返答した。十四歳の萬助は、天井を眺めて関心のない、やんちゃ坊主のように見えた。一目して善助は出来のよい子であり、萬助は聞き分けなさそうな顔付きをしている。

「これ萬助、お前はわしとは母方の繋がりで親戚に当たる間柄だが、いまは、わしが主人でお前がわしの小姓。主人が何か言おうとすれば、素直に言うことを聞くものじゃ」

官兵衛は特段に怒った様子もなく、言葉だけをいっそう強めて言った。

「はい、心得ました」

別にふてくされた風も見せず、萬助は官兵衛を直視した。

「まず両人には、義兄弟の誓約をしてもらいたい」

官兵衛が言った。

「えっ、どうしてですか」

萬助が怪訝《けげん》な顔で官兵衛に聞いた。

たしかに善助は立派な小姓筆頭である。才能もあり、温厚な人柄であり、分別もあったので、萬助は日頃から尊敬していた。しかし痩身のうえに背も人並で、弱々しく見えるのが玉に傷であった。

萬助は見るからに偉丈夫である。このときは体つきも幼弱であったが、見たところ二十歳くらいの柄はある。二十歳なれば力も人並み以上に強く逞しくなり、髭も多くて濃い勇猛人となるに違いない。

初めて見る者は、恐れ戦《おのの》くというくらいに育っていたのであろう。しかもこの年頃から人を振り返らせるような大男（身長一九八センチ）であった。

官兵衛は、その違いの大きな両人に義兄弟になれと言う。萬助にとって、その意図がいまひとつ不可解であった。

「聴け萬助。お前はかねてから無分別であり、無茶なことばかり言い張り、気儘なことは人に負けず、自分より年上の者とも平気で喧嘩をしている。それは人間として最低なことであるぞ。そなたとわしは親戚でもある。いまから心身を磨けば、そなたも立派な武将になると思われる。そのような立派な人間になるには教え導く者が必要となろう。わしが教導すればよいのじゃが、家臣としてお前ばかり看るわけにもいかない。そこでお前より才があり、温厚で人格者である善助を兄貴分として、お前を指導してやれば、かならずや黒田家のために役立つ人間になるに違いない」

官兵衛の言葉には萬助が拒否することのできない、強い説得力があった。

「殿、承知しました。善助どのは、かねてから尊敬しております。これからも善助どのの陰や日向になって、ご指導いただきまする」

萬助は素直に官兵衛の申し出を承知した。

萬助は脇にいる善助を見た。その眼は澄んでおり、善助を指導者として、これまで以上に尊敬しようと決意した眼の色であった。

「お願いいたすぞ」

善助は官兵衛から事前に聞いていたのか落ち着き払っている。萬助が承知してから彼を見て言った。早くも兄のような態度である。

「こちらこそ、宜しくお願いいたしまする」

萬助は心の底からそう言った。そして生涯、義弟として善助の教えることを守っていこうと、決意するのであった。

「ときに萬助、そなたにいまひとつ受けてもらいたいことがある。そなたも知ってのとおり、先ごろの五月より六月までに起こった西播磨守護代《にしはりましゅごだい》・赤松政秀《あかまつまさひで》とわしの父・姫路《ひめじ》城主・小寺職隆《もとたか》とともにわしも争った青山・土器山《どきやま》の戦いで、母里一族二十四人すべて死んだので、名族である母里家を滅ぼしてしまうことは忍びない。そこで曾我《そが》大隅守《おおすみのかみ》一信と母里一族の娘との間に生まれたそなたが、母里家を継いでくれるな。

断っておくが、これには否応なしであるぞ」

官兵衛は、萬助が善助との義兄弟を承知したので、いつもの穏やかな表情に戻り、ときおり、笑顔さえ覗かせていた。

「先祖が消滅するのを気にしていましたが、それを継ぐのは名誉なことでございます。仰せの通りにいたします」

萬助は、喜色を表して了承した。

これは永禄十二年（一五六九）冬のことであった。母里太兵衛友信の誕生である。もちろん小寺（黒田）官兵衛が名付け親であった。

二

天正《てんしょう》元年（一五七三）のこと、七月に室町幕府十五代将軍・足利義昭《あしかがよしあき》が山城国槇島《まきしま》城で挙兵、織田信長と戦って半年ほどで敗北し、信長に河内の若江城主・三好義継《みよしよしつぐ》のもとへ追放されていた。

また、三年前の元亀《げんき》元年（一五七〇）の姉川《あねがわ》の戦い以来、義兄の織田信長に逆らっていた小谷城主・浅井長政《あさいながまさ》が、信長の小谷城攻めに遭い、長政は八月に自殺した。

（このような混沌《こんとん》とした戦国の時代ゆえに、領地を広めておこう）

と、思った播磨守護・赤松義祐《よしすけ》の一族であり播磨国三木《みき》城主・別所長治《べっしょながはる》は天正元年秋、飾西《しきさい》・揖東《いっとう》・印南《いなみ》の領主であることをよいことに英賀《あが》城を拠点《きょてん》とし、姫路城主・黒田官兵衛を襲撃した。しかし、栗山善助と母里太兵衛が先頭に立って、別所勢と戦い、遂には多くの軍勢を追い払ってしまったのである。しかし、姫路の城下は焼かれてしまった。

「太兵衛は初陣ながら、よく働いてくれました」

善助は自分の手柄を光らすことなく、太兵衛を褒めて主君・官兵衛に報告したのである。

「左様か。流石にわが親戚じゃ、期待したとおりにやってくれたわ」

手放しで喜ぶ官兵衛であった。

天正五年（一五七七）十一月のことである。毛利元就の孫で安芸吉田《あきよしだ》城主・毛利輝《もうりてる》元《もと》は御着城主の小寺政職が、官兵衛の進言により織田信長に与したことを知った。輝元は、

「御着は祖父元就《もとなり》以来毛利家に仕えておる者、それを小寺官兵衛という若僧の入れ知恵で、寝返るとは不届き千万、御着を一掃してくれるわ」

激怒して五千余人を送り込んだ。毛利方の英賀城主・三木通秋《みちあき》も剛の者で侮《あなど》るこ

とが出来ない。これに対峙したのは官兵衛の小寺勢一千余人であった。

そこで織田信長に頼んで、羽柴秀吉《はしばひでよし》を加勢してもらった。まず、瀬戸内海沿岸に上陸してきた毛利軍を急襲した。そのとき毛利軍は小寺軍の多いのに吃驚《きっきょう》した。

「小寺軍は少ないと聞いていたが、あの山に潜んでいる軍勢は一万はゆうに越えている。誰が嘘をついたのじゃ」

浜に降り立った毛利軍の一人が叫んだ。

そして官兵衛勢に急襲されて戦意を失い、船に乗り込んだり、見知らぬ土地を逃げ回ったのである。

それは官兵衛の奇策で、土地の領民たちを大金で雇い入れて集め、山や丘に旗や指物を持たせて潜ませていたのであった。

毛利軍はこれを見て逃げ腰になったのである。

こんな体たらくな毛利軍に対して、母里太兵衛や栗山善助などは、姫路から離れている英賀の土地を詳細に調べあげており、難なく土地勘のない敵兵を追い詰めて降参させたのであった。

「太兵衛、けっして無理をしてはならぬぞ。あのとき、義兄弟の誓約書にも書いたように長生きして官兵衛様にご奉公するのが第一だぞ」

善助は、猛々しく敵兵と戦っている太兵衛に言葉をかけて注意するのであった。

この両人が義兄弟になるときに書いた誓約書は、いまでも官兵衛の懐に忍ばせてある。

それほどまでに官兵衛は太兵衛と善助を寵愛し、信頼していたのである。また両人も官兵衛が立派な武将となり、戦乱の世を生き抜いて、天下人になることを密かに願っていたのである。

この英賀合戦のとき、加勢に来ていた羽柴秀吉は、母里太兵衛の活躍ぶりを観て、小寺官兵衛に頼んだ。

「あの若者は先々大物になる素養がある。あの母里太兵衛という若者を、わしの直臣《じきしん》に譲って呉れまいか、のう、官兵衛どの頼むわ」

秀吉は、太兵衛の偉丈夫さを改めて見直しながら言った。

「ご勘弁くださりませ。あの母里太兵衛は、それがしの親戚のうえに、それがしの宝物でもございます。これから思うように磨き上げて、黒田家随一の家臣にしようと期待に胸ふくらませているところでござりますれば、どうか、お忘れいただきたいと存じまする」

官兵衛はわが身内以上に太兵衛を大事に思っていたのである。

「そなたにそこまで言われると、諦めるほかはあるまいのう」

強引なところがある秀吉が、しぶしぶ諦め顔になるのも珍しいことであった。

官兵衛救出策

一

翌年天正六年（一五七八）、小寺官兵衛に一大事件が発生した。摂津国有岡城《せっつのくにありおか》（伊丹《いたみ》城）幽閉事件である。

有岡城主・荒木《あらき》摂津守村重《むらしげ》は、はじめ織田信長に属していたが、九月に信長の強硬な態度を嫌い、人を人と思わぬ行いに辟易《へきえき》して、本願寺光佐《ほんがんじこうさ》や毛利輝元と気脈を通じていた。むろん、輝元からの誘いはあったのである。

ましてや官兵衛の主君である御着城主・小寺政職までが信長から離れて、毛利方につこうと言いだした。官兵衛は驚いて、

「それがしが織田方に付くべしと申し上げたのは、わが子松寿丸《まつじゅまる》を人質に入れているから言うのではありませぬ。織田信長公は先々かならずや天下を統一する御仁でこざ

います。この御仁を推戴《すいたい》することが、当家の武運長久を謀《はか》る良策というものでございます。いま信長公との盟約を破り、毛利氏に従うことは、背徳不義の極みと言わねばなりませぬ。しかも武士の恥とするところでございます」

官兵衛が口を酸っぱくして主君を諌めてみたが、政職の返答は心許無いのである。結局、小寺政職の叛逆の決心は変わらず、あげく老臣たちが謀って、官兵衛を殺す算段まで図る始末であった。

そこで官兵衛は姫路に行き、父親の職隆に相談してみると、職隆は姫路の老臣たちに意見を求めてみた。すると、官兵衛が御着に行くのを反対し、病気と称して姫路に留まるという結論に達した。しかし職隆は官兵衛に、

「御着に帰り、平素のように勤めるがよい。そなたが家老になってからは恩威《おんい》並びに政道が正しいゆえ、小寺の家臣はもちろんのこと、領民までがお前に感謝をしている。親が言うのも何だが、お前は、真の治政者であると誇りに思っている」

と言った。官兵衛も、

「父上は、身贔屓《みびいき》すぎるのではありませぬか」

と反論するのだが、満更でもなさそうだ。

それよりも官兵衛は自分の跡継ぎになるのは、母里太兵衛か栗山善助になるのでは

ないかと考えていた。

「お前は、考え通りにいたせ。もし小寺家の老臣たちがお前を襲撃したならば、潔く割腹いたして武士の本分を守れ。お前の骨はこの父が拾ってやる」

黒田職隆は倅を死地に追いやるのではないかと、両眼に涙を浮かべていた。

「ご指導どおりに、いたしましょう」

官兵衛も父の涙を見て、思わず嗚咽《おえつ》しそうになるが、必死に堪えている様子であった。

官兵衛は御着に赴いたが、老臣たちは官兵衛を殺害するのを躊躇《ちゅうちょ》し、有岡城の荒木村重に官兵衛を殺害させた方が得策だとして、小寺政職に進言した。

「かねて、その方より諫言《かんげん》されていることは正しいと思う。しかしながら予が織田信長に従わないのは、毛利輝元に説得された荒木村重からの勧誘によるものである。ゆえに、その方が有岡城へ出向き、荒木村重を説得して織田信長に従うようになれば、予も必ず織田氏に従うことになろう。だから、まずはその方が村重を説いてみるがよい」

小寺政職は、もっともらしく官兵衛に伝えたが、その実、村重に密告して官兵衛を殺すように指図していたのである。

途中、羽柴秀吉の三木陣営に立ち寄ったところ、

「予も何度か村重を説得してみたが空振りに終わっている。弁舌さわやかな貴公ならば、必ずや村重も考え直すかもしれない。ともかく頑張って来られよ」

秀吉は官兵衛を励まして送り出した。

秀吉の言葉に勇気づけられて、伊丹へ赴いたところ、小寺政職の密旨《みっし》を受けていた村重は、ただちに官兵衛を招き寄せ、屈強な力士に官兵衛をねじ伏せさせて生け捕りにし、否応もなく城内の獄舎《ごくしゃ》に入れてしまったのである。

天正六年（一五七八）十月下旬のことであった。

官兵衛が幽囚《ゆうしゅう》された獄舎は、有岡城の西北の隅にあり、その後ろに深い溜池《ためいけ》があった。その三方は、竹藪に囲まれて陽の光は遮られて、じめじめした所であり、湿気が辺り中に漂っていた。これはまさに、地獄の風景を見るような所であった。

そんな陰湿な所に閉じ込められた官兵衛に、僅かに一点の光明を見出して慰めることができた。

それは小姓として裏表なく官兵衛に奉仕している母里太兵衛・栗山善助・井上九郎二郎（のち九郎右衛門・井上周防守之房《すおうのかみゆきふさ》）の三人の気配りと、有岡城の伊丹兵庫頭親興《ひょうごのかみちかおき》の家臣で、加藤又左衛門の情誼《じょうぎ》によって、官兵衛は、どんなに惨めな環境でも生

き抜いてやろうと決心したのであった。

もっとも信頼する家臣三人は、夜となく昼となく有岡城に忍び込んで、主君官兵衛の所在を探し回っていた。このとき母里・栗山・井上の三人は官兵衛の父・黒田職隆に対して、

「職務を離脱して、主君官兵衛を有岡城において捜しだす」

などといった起請文を提出してから、有岡城に潜入している。

はじめ二か月ばかりは、何の手掛かりもつかめない。

しかし、獄舎役人の加藤又左衛門が、商人姿に扮装している太兵衛らに気づき、

「お前らは武士であろう。もしかすると、黒田官兵衛どのの家臣ではないのか」

このように訊ねると、太兵衛は正直に答えた。

「左様、われら三人とも官兵衛さまの小姓でございます。主人のことが気になりまして、捜しているところでございます」

「教えることは憚《はばか》られるが、たしか、あの溜池の先に獄舎がある。自分で捜してみるがよい。それならば拙者も眼を瞑《つぶ》ってやろう」

又左衛門は、いやに親切な態度である。

それもしないのは、内心で荒木村重が理不尽に官兵衛を捕らえて獄舎に入れたこと

を非難しているからであった。だが役目柄、官兵衛を獄舎から出してやることはできない。

「ありがとうございます」

礼を言うと太兵衛は素っ裸になって、溜池に飛び込んだ。二月の溜池の水は氷のように冷たい。それでも太兵衛は躊躇しないで溜池を泳いだ。

向う岸に泳ぎ渡ると裸のまま獄舎にたどりつくと、髭ぼうぼうの官兵衛が懐かしそうな声で太兵衛を呼んだ。

「太兵衛ここじゃ」

嗄《しゃが》れ声には自分の身内にでも出会ったような、懐かしさがこもっていた。

「お変わりなく嬉しゅうございます。殿にお目に掛かれて何よりでございます」

太兵衛は官兵衛が生きていたので、この世でいちばん嬉しい事にも出会ったように、嬉し涙を流していた。

「泣くな太兵衛、いまのところ、この獄舎から出る術はないが、太兵衛に会うことができたのが、それが何より嬉しいぞ」

官兵衛は加藤又左衛門の厚誼《こうぎ》に感謝していた。

もし又左衛門が獄舎役人として厳格な人間であったならば、太兵衛を捕らえて、荒木村重に突き出してしまうところである。

又左衛門は官兵衛が入獄されたとき、座布団も布団もない状態であったが差し入れてやっていた。それで黒田官兵衛は生きながらえることができたのである。そこで官兵衛が入獄して間もないころのある日、又左衛門を招き寄せて、

「もし拙者が、この獄舎から出ることが出来て姫路へ帰ることが叶ったならば、貴公の幼い子を拙者の養子に迎えたい。それが出来れば、そなたの子をわが子松寿丸の義弟として大事に育ててやりたいと思っている」

官兵衛は、堅く約束をしていたのである。

一方、母里太兵衛など三人は、栗山善助の知人である銀屋《しろかねや》新七の家に寄宿していた。銀屋新七は伊丹で、金銀細工商をしていた。三人は官兵衛探索のことで相談すると、

「それはお困りでありましょう。それがしに何事についてもご相談いただきたい、太兵衛どののすべてに応じましょう」

新七は胸を叩いて太兵衛らの宿泊を引き受け、探索に協力することを約束したのであった。もともと新七は義侠心の強い人であった。番兵に賄賂《わいろ》を与えて太兵衛たちの便宜を図ってやった。

太兵衛らは、加藤又左衛門と銀屋新七らの厚意によって、比較的自由に有岡城の獄舎に近づくことができ、官兵衛に天下の情勢を報告することが出来たのである。

二

織田信長は剛毅《ごうき》な武将である反面、偏狭《へんきょう》な一面を持っていた。特に人を上から目線で見るところがあり、部将や配下の諸将を軽視するところがあった。天正六年、荒木村重への説得で有岡城へ向かった官兵衛を村重に味方したものと誤解し、羽柴秀吉の属将である竹中半兵衛重治《しげはる》に人質の松寿丸を殺せと命じた。半兵衛は信長が羽柴秀吉に命じたことなのに、自分からその役を引き受けていた。それは官兵衛と半兵衛は互いに親友の契りをしていたからである。

しかし、半兵衛重治は松寿丸を殺さず、自領の美濃国菩提山《ぼだいさん》城《じょう》に匿《かくま》っている。松寿丸は人質ではあったが、近江国長浜城主・羽柴秀吉に保育されていたのである。

母里太兵衛は、十一歳になった松寿丸の具足親《ぐそくおや》として甲冑《かっちゅう》の着始《きはじ》めに立ち会うため、長浜城に出かけている。竹中半兵衛が松寿丸を庇護する直前であったかもしれない。母里太兵衛が二十四歳のときである。

明けて天正七年（一五七九）三月、織田信長は再び摂津に出陣した。

有岡城を包囲して城の周りに数多くの砦を築き、兵糧攻めにしようとしたのである。

その一方で、信長の嫡男・信忠《のぶただ》に命じて、別所長治《べっしょながはる》の三木城の周囲に六か所の砦を造らせ、これも兵糧攻めにしようとした。御着城の小寺政職は城下に放火して焼き払い、食糧断ちにすることにしたのである。

その間、有岡城の獄舎にいる黒田官兵衛は如何ともしがたく、ときおり太兵衛たちが訪ねてくるのが唯一の楽しみであった。

そして梅雨《つゆ》が過ぎて、夏の季節になると官兵衛は、肉痩せ骨が落ちて、まるで幽霊のような姿になっていた。

それに蚊の大群が襲ってくるので益々、焦燥に駆られる始末であった。しかし、官兵衛は生きながらえる希望を決して失うことはなかった。

それは、母里太兵衛が獄舎を訪ねるたびに語る、

「必ずや殿様をお助けする時がありましょうゆえ、いましばし、ご辛抱ください」

といった勇気づけられる言葉を、深く信じているからであった。

それに、吉兆も官兵衛の目の前に現れた。

不思議なことに藤の蔓《つる》が獄舎の柵を伝い、新芽を吹き出して紫の花を咲かせ、官兵衛の将来における瑞祥《ずいしょう》を告げているかのようであったからである。

これに反して、黒田官兵衛には肝胆相照《かんたんあいて》らす仲であった竹中半兵衛重治が、三木城攻めの中途で発病し、六月十三日に死亡したことを、母里太兵衛の口から知らされたことで落胆して眠れぬ夜が続いたが、その苦辛もどうにか過ぎたころの十月十六日、官兵衛については好運なことが発生した。

織田信長の武将・滝川一益《たきかわかずます》の家臣が口説き落とした荒木村重の老臣・中西新八郎らが、織田方に寝返った証拠として、夜陰に乗じて有岡城に放火した。村重はしかたなく有岡城を脱出したのである。

それは母里太兵衛・栗山善助・井上九郎二郎の三人が、伊丹の銀屋新七の家で、黒田官兵衛の救出作戦を練っている最中であった。有岡城の火災に気付いたのは栗山善助であった。

「有岡城方面が燃えている。殿の獄舎は大丈夫であろうか」

「ともかく行ってみようではないか」

太兵衛がみんなに指図するように行った。たまたま、銀屋新七も寝ないで部屋にいたので、

「それがしも連れて行ってください」

といって、同行することになった。

四人はかねて忍び入るところから、官兵衛の獄舎に近づくと、番兵たちは逃げてしまい、獄舎は放置されたままであった。

「殿、殿、助けにまいりました」

太兵衛が獄舎に向かって声を掛けると、獄舎の中から、か細い声で、

「太兵衛か、ここにいる」

官兵衛が返事をした。その声を聞くと同時に、栗山善助が持ってきた斧で獄舎の錠前を取り外した。そして太兵衛が、獄舎の中から官兵衛を抱きかかえて外へ出た。

井上九郎二郎と銀屋新七が提灯で照らしてみると、官兵衛は髭ぼうぼうで見る影も無い容姿をさらしていた。

膝には瘡《かさ》が出来て、座ってばかりいたためか、左足が不自由になっている。そして歩くことも容易でなかった。そこで太兵衛が、

「それがしが背負いますので、それがしの背中に、おつかまりください」

官兵衛に背中を向けて、しゃがみこんだ。

「すまぬのう」

官兵衛は嬉しそうな声をあげて、太兵衛の背中にしがみついた。

太兵衛は生まれてはじめてのことであり、多少、興奮気味で官兵衛を背負い、織田方の陣営まで歩いて行った。

太兵衛は織田方の陣営まで休むことなく歩いたが、その間、

（このお方のために生涯、忠義を尽くしてやるぞ）

という決意を、新たにしていたのである。

織田方の陣営に到着すると戸板に乗り換えて、織田信長に挨拶に向かったのである。

「おう官兵衛か、苦労をかけたのう」

織田信長は、官兵衛の髪の毛が女性のように伸び、衣服はぼろぼろに破れて虱《しらみ》がわいている有様を見て、思わず涙を流し、

「わしは、官兵衛に足を向けて眠れぬわ」

近侍の者に向かって言った。

それはおそらく人質に取っていた官兵衛の嫡男・松寿丸を殺させてしまったことを言ったのかもしれないが、のちに、松寿丸を竹中半兵衛が匿っていたことを知り、信長は胸を撫で下ろしたという。

信長に挨拶すると、太兵衛たちは官兵衛の衣服を改め、有馬温泉に駕籠で向かい暫く療養したところ、その身体もどうにか治癒して姫路に帰り、秀吉に会いに行った。その直後に、母里太兵衛らに相談した。

「それがしが姫路にいるのは、御着の小寺政職に加担しているように思われるかもしれぬゆえに、どうしたものか迷っている」

そのはずであった。官兵衛は織田方の武将である。

有岡城を脱出した直後に、いつまでも小寺姓を名乗ってはならぬとして、本姓の黒田に改姓している。ときに官兵衛三十五歳。

「姫路城は小寺氏から預けられたもの。いつまでも執着すべきものではないと存じまする。秀吉さまは、殿に姫路城をお渡ししようとなさるでしょうが、受け取らずに秀吉さまにお譲りしたほうが賢明かと存じまする」

二十五歳になったばかりの太兵衛であったが、なかなか、しっかりしたことを言うものだと官兵衛は感心していた。

官兵衛自身もそうしたほうがよいと思っていたので、秀吉に会ったとき、

「秀吉さまは先般、難攻の三木城を落とされて本拠地になさるおつもりでしょうが、姫路城は播州統治の要《かなめ》になる城でございます。秀吉さまに進呈いたしますゆえ、ど

うぞお受け取りいただき、適宜にお使い戴きたいと存じまする」

冒頭に、そう進言した。これは、いうならば家臣・母里太兵衛の着想である。

「そなたからそのように言って貰えば、それがしに異論はない。その代わりと言ったら何だが、わしの与力として改めて仕えてくれまいか。それには、少ないかもしれないが信長さまに申し上げ、播磨国揖東郡において一万石を加増したいと思うが、如何であろうか」

「この一年間の獄舎生活を功績として認めていただき、秀吉さまのため、与力として生涯を捧げましょう」

以前から属していた秀吉に、そつのない返事をする官兵衛であった。

官兵衛は、天正九年（一五八二）三月、一万石の大名になり、山崎《やまさき》城主（播磨国宍粟《しそう》郡《ごおり》山崎・現在の兵庫県宍粟市）となったのである。

官兵衛は何事も独断できる頭脳明晰《ずのうめいせき》な人物であったが、家臣の意見も取り入れるだけの柔軟さも持っていた。まさに姫路城の譲渡はそれであった。

中国大返し

一

羽柴秀吉の苦戦したものに備中高松城がある。これを支援したのが、他ならぬ黒田官兵衛と母里太兵衛であった。

天正十年（一五八二）三月ごろ、備中高松城を攻撃するため、羽柴秀吉は城の東に位置する蛙《かわず》ヶ鼻《ばな》という丘に布陣した。黒田官兵衛らもこの陣営にあった。

高松城主の清水長左衛門宗治《むねはる》は毛利家代々の忠臣で、剛将でもあった。それだけに攻撃する羽柴軍に鉄砲で抵抗するので、秀吉は手も足も出ない状態になった。

そこで秀吉は長期戦をのぞんで水攻めを開始した。高松城は低いところにあり、この作戦は図に当たり、三十余町に堤防を築いて足守川《あしもりがわ》をはじめとする七つの川から水を流し込んだ段階で成功したかのようにみえたが、堤防が決壊して役に立たなくなってしまった。

「そなたは天下の知恵者である。何か流れ出る水を止める方法はないものか、考え出してくれまいか」

　秀吉は部下の仕事を徒労《とろう》に終わらせたくないことも心配し、官兵衛に相談を持ちかけたのだった。

「承知しました。が、いま暫しお待ちください」

　官兵衛は秀吉の申し出を引き受け、自分の陣営に戻り、母里太兵衛ら家臣に意見を出させてみようと考えていた。

「じつは決壊したところに、大石を沢山投げ込んだり、あげくは竹・木・土などを使って堰き止めてみたが、水の勢いが強すぎてどうすることもできないと秀吉公は言われる。何か決壊を止める方法はないものだろうかのう」

　官兵衛が困った顔を母里太兵衛らに向けると、太兵衛がおもむろに意見を述べた。

「お役に立つかどうか分かりませぬが、川下の港にある船を引き揚げて来て、それを決壊した所に並べ、その上に折角使っていますところの大石や木や土などを敷きつめ、船底に穴を開けて、沈めたら如何でありましょうか」

「それは名案かもしれぬ。さすがは、わしの親戚である。自慢するわけではないが、頭の回るところはわしと似ているのう。これからも黒田家に奉公して、よろしく頼みおくぞ」

官兵衛はまるで、わが子が考え出したかのように、満面に喜色を刷《は》いたのである。官兵衛が考えたのは、太兵衛の考えたことに錨《いかり》をつけ加えただけであった。秀吉にその案を告げると、ただちに実行に移した。

すると決壊したところは直り、辺りは湖面と化した。

そして十日もすると、高松城は水浸しになり、城中の者数千人は、はじめ二階や天井に上っていたが、最後は高い梢《こずえ》に簀子《すのこ》をかけて、これにしがみついていた。これでは羽柴軍と戦うどころでなかった。己の命を保持するのが精一杯の状態になっていた。城は、屋根を数尺を覗かせる始末であった。

こうなると、清水長左衛門宗治も天を仰いで、

「わしは長い間、毛利家のために尽くして来たが、もうその力も尽き果ててしまった。このうえは徒《いたずら》に城兵たちを水死させることは無益である。わが一命に代えて、城兵や城中に寄ってきている民を助けてやらねばならぬ」

嘆くと同時に使者を筏《いかだ》に乗せると、羽柴方の先陣・蜂須賀彦右衛門正勝《はちすかひこえもんまさかつ》（小六《ころく》）と杉原七郎左衛門尉《すぎはらしちろうざえもんのじよう》らを頼って降参を申し出た。

秀吉は快く了承して、迎船《むかいぶね》を出したところ、宗治は兄・月清《げっしょう》入道とともに敵味方の衆目のもと、一曲を舞い謡《うた》った後に見事に切腹して果てたのである。

これこそ本当の武士の姿であると敵味方なく褒めそやされたという。天正十年（一五八二）六月四日のことであった。

「宗治どのとの約束である。黒田官兵衛どの、堤防を開いて高松城の城兵と民衆を助けてやってほしい」

秀吉は、黒田官兵衛と母里太兵衛たち家臣団に、堤防の決壊を依頼したのであった。

清水宗治が切腹した二日前の早朝、つまり六月二日に京都において一大事件が発生していた。本能寺の変であった。

信長は秀吉の要請によって中国攻めのために、森蘭丸ら近臣数十名とともに本能寺に入っていたのである。

逆心を抱いていた明智光秀が、主君・織田信長を本能寺において襲撃し、自殺させられていたのである。信長の嫡男・信忠《のぶただ》も二条御所において討たれていた。このことは七十余里離れている備中高松城では誰一人として知る者がいなかった。

高松城が落城すると同時に、毛利方の大将・小早川隆景《こばやかわたかかげ》は、兄・吉川元春《きっかわもとはる》とも相談して、秀吉と和議をすすめるために、外交僧の安国寺恵瓊《あんこくじえけい》をひそかに送りこんで和議を結ぶ交渉をさせていたのである。

吉川元春は、しぶしぶ隆景の相談に乗っていたという。そして毛利輝元も叔父たちの和議の勧めに反意を示していたのだった。

当初、和議の条件は毛利家にとって三か国しか残らない不利なものであったが、黒田官兵衛が配慮して有利にしてやった。

小早川隆景と吉川元春が、官兵衛に泣きついたからである。

毛利領十州のうち安芸・周防《すおう》・長門《ながと》・備後《びんご》・伯耆《ほうき》・出雲《いずも》・石見《いわみ》・備中《びっちゅう》半国となったのである。

しかし三人の人質は当初に決めたとおりであった。そして和議は成立したのである。

六月三日の子《ね》の刻《こく》（いまの午前零時ごろ）を過ぎたころに、織田信長の茶道の友である長谷川宗仁《はせがわそうにん》からの使者を兼ねた飛脚が官兵衛を訪ねて来て、本能寺の変のことを告げたのである。官兵衛は母里太兵衛を呼んで、一切を告げてから頼んだ。

「信長公のご逝去したことを毛利方に知られたら大変なことになる。それを用心しながら、この使者の面倒をみてやってくれ」

「分かりました」

そのころの官兵衛と太兵衛は親戚ということもあって、「つうーかあ」の仲になっていた。官兵衛が十まで言わずとも、太兵衛は官兵衛の考えていることが、おおまかながら理解できるようになっていたのである。

太兵衛は使者を台所に連れて行き、酒食を与えてから休息をさせていた。

官兵衛は京都から来た使者を太兵衛に委ねてから、ただちに本陣に向かい、秀吉と面談して織田信長の凶変を報告した。すると秀吉は、

「何ということ……」

身を捩《よ》じらせて嘆き悲しんだ。しばらくは茫然《ぼうぜん》として声も出ない状態であった。

官兵衛は声を潜めて、秀吉の耳元で囁いた。

「信長公のことは、とにかく言語に絶することなれば、ご愁傷《しゅうしょう》至極《しごく》に存じ上げまする。が、秀吉公。嘆いておられるときではありませぬ。いまがご生涯で、もっとも大事なときでござりまする。何としても仇敵の明智光秀を討伐されることであります。そして信長公の子息である北畠《きたばたけ》信雄《のぶかつ》、神戸《かんべ》信孝《のぶたか》ご両人をお守りなされるがよろしかろう。されど、ご両人ともに天下を治めるご器量がありませぬゆえ、必ずや諸大名はこれを侮って、天下を望まんものと争乱を起こす者も現れることになりましょう。こ

れを平静を願って殿が討ち果たしますと、自然、天下の権は殿の手中に収まりましょうほどに、ぜひとも逆臣の明智光秀を討つこと専一《せんいつ》にしていただきたく存じまする」

「わしも、明智光秀は討伐したいと考えている。では、どうすればよいか、官兵衛の案を示してみるがよい」

「六月二日の朝に、明智光秀が信長公を自害に追い込んだことを注進してきた飛脚は、京都より高松城までの七十余里の道を約一日半かけて駆け上っています。明日、六月四日の昼に和議を結んだならば、本能寺の変を毛利方にも打ち明けて、主君の仇討ちのため京へ向かうといえば、毛利輝元も否とは申せませんと存じまする」

「分かった。官兵衛の申すとおりにいたそう。が、長谷川宗仁よりの飛脚は殺してしまえ。もし、和議前に敵に漏らしても困るからのう」

官兵衛は、それについては即答を避けた。家臣たち、とくに母里太兵衛の意見も徴してみたいと考えたからである。

官兵衛が自分の陣営に来て、台所へ行ってみると飛脚は疲れたのか、前後不覚に陥ったように寝込んでいた。そばに太兵衛が立っていたので官兵衛は、

「秀吉公は、事件のことが洩れないようにこの飛脚を殺せというが、わしは殺したくないと思っている。太兵衛、そなたはどう思うか」

このように太兵衛に訊いた。

「とんでもないことでございます。この飛脚は、七十余里を寝食も忘れて異変を知らせてくれた功労者でございます。本来ならば一刻も早く、事変を伝えたことで功労賞を与えてよいくらいの人物でございます。それに殺されるような罪科もないのに、どうして殺さねばならないのでしょうか。それがしには理解できませぬ」

信長公の後に天下人でもなろうかというような秀吉が、そんな非人間的なことを考えだすのだろうかと、不思議でならない太兵衛であった。

「たぶん秀吉公は、この飛脚が、毛利方に信長公の死を知らせることを恐れてのことであろう。そうなれば折角の和議も、水泡に帰することを心配したのであろうよ。太兵衛心配いたすな、この飛脚は絶対に殺しはしないぞ」

官兵衛は太兵衛と、また思いが一致したことを喜んでいる風であった。

そこで官兵衛は熟睡している飛脚を揺り動かして、本能寺の変を人に語ることを厳禁し、主命であるから立ち去れと諭し、家臣の一人を付けて面倒をみさせてやった。

しかし、七十余里を歩いた疲労なのか、もしくは高松城に到着してからの暴飲暴食のためなのか、京に向かって数日後に死んでしまったのである。

そして六月五日になって、官兵衛が毛利方の小早川景隆の陣営に使者を送って、人

質を出せと要求すると、

「暫く待たれるがよい。いま一族で話し合いの最中である」

という返事が戻ってきた。

官兵衛が不思議がっていると、毛利方でも信長の死が、京都因幡堂《いなばどう》の山伏・金井坊《かないぼう》によって知らされており、そして和議の件を再検討しているところであった。総大将の毛利輝元の態度は一変し、

「信長が死んでしまったからには、人質など出す必要はないわ」

強気になって、合戦を継続しようとまで言い出した。

はじめから和議を喜ばない吉川元春などは、

「これまで人質を出さなかったことが幸いであった。逆に、羽柴秀吉に出せと言っても可笑《おか》しくない有様になったわ。もし異議を唱えるようであれば、毛利方から攻め入るばかりよ。わしも輝元どのに同意じゃ」

手を叩かんばかりにして賛同した。しかし異論を唱えた者がいた。小早川隆景である。

「兄者の言うのも尤もである。だが、よくよく考えてみるがよいのではないか。もしも、われわれ毛利勢が羽柴軍を打ち破って上方に攻め上り、天下の諸将と戦って絶対

に勝つという保障はない。仮に運良く天下を取れたとしても、徳がなければ長く天下を維持することはとても難しい。諺《ことわざ》で言うように創業《そうぎょう》は易《やす》く守成《しゅせい》は難《かた》しである。その守成が出来ずに手中に収めた天下を失うようなことにもなれば当家は滅亡するしかない。であれば父上の毛利元就《もとなり》が辛苦《しんく》の末に切り取った中国十か国も失って、世間の笑いものになるのは必定である。元就公のご遺言でもあったはず。毛利家は、けっして天下を望んではならぬと言った。その教えは、毛利の子孫が、この地で永遠に繁栄してもらいたいという願いで言ったことである。いまこの教えを破るとは不幸の極みと言わねばならない。信長にも子息両人がいるし、そのもとには猛将も数多いる。そのうえ羽柴筑前守の働きを見るに古今まれなる英雄である。しかも黒田官兵衛という有能な軍師もついており、その家臣たちも、そこらにいない賢人と聞いておる。この者たちがおれば、信長の子息たちも、きっと天下人になるに違いない」

黒田官兵衛には、母里太兵衛や栗山善助という若い知恵者が付いているという。隆景はこんな羨ましいことはないと思っていた。

ちなみに小早川隆景は、毛利元就の末っ子である。輝元は早世した隆元の子で、毛利家の長兄は毛利隆元、次兄は吉川元春であった。元就が平定した国々に吉川興経《おきつね》と小早川興景《おきかげ》という豪族がいた。家督を継いでいた。

元春・隆景の二兄弟は、この豪族たちの養子に入っていたのである。それにしても元就が教えた「三矢《みつや》の訓《さとし》」は、あまりにも有名であった。元春と輝元が納得できない顔色なので、隆景は言葉を続けた。

「すでに和睦は成立し誓詞も交換している。そして人質も送ると堅く約定しているはずである。それなのに、いまさら信長の逝去を聞いたからといって、敵の弱味につけ込んで約束を違えてしまえば、天理にそむいて、神をあざむくことになりかねない。そして、ご本家の輝元どのも、われわれ元春・隆景兄弟も、世間の笑い者になりかねない。そのうえ羽柴筑前守も終世の仇敵として当家を狙うことになろう。さすれば毛利勢はきっと滅亡する。まずは和睦を実行し、人質を出したならば秀吉は感謝の念をもって、長く当家の恩徳《おんとく》を忘れることがあるまい。これこそ毛利家を存続させる手段と考えるが、皆の衆、如何でござるかな」

隆景の肺腑《はいふ》を衝《つ》くような言葉に、毛利家の人たちは感動し、

「小早川どののおっしゃることが真理《しんり》である。そのとおりにいたそう」

評議は、衆議一決した。

人質は、小早川隆景の弟・元総《もとふさ》（のち秀包《ひでかね》）、そして吉川元春の三男・経信《つねのぶ》（のち広《ひろ》家《いえ》）と決定し、隆景は二人を伴って秀吉の本陣へ行き、黒田官兵衛を案内人として、

秀吉に面談し、二人の人質を渡して帰陣したのであった。

官兵衛は自分の陣営にもどると、家臣たちを集めて実情を披瀝《ひれき》し、

「小早川隆景は敵ながら、天晴れな武将である。弘治《こうじ》元年（一五五五）の厳島合戦《いつくしまがっせん》では大いに活躍した猛将だったと聞くが、人心を掌握できる天才でもあるようだ。わしなどは見習うことが沢山ある人間じゃ」

和議を成功させた隆景のことを誉め上げていると、前列の母里太兵衛が発言した。

「殿の仰せのとおりの人間でありましょうが、人は人我は我ということもございます。いま、殿は秀吉公から一番頼りにされている軍師でございます。敵の小早川隆景どののことを褒め称えることも結構ですが、今後、羽柴軍をどのように動かせばよいのか、お考えいただきたいと存じます。それがしは当面、仇敵の明智光秀を倒すことが先決であろうと存じます。殿、一刻も早く、秀吉公に進言なさりませ」

出しゃばりすぎと思ったが、太兵衛の進言にも一理あると思い直している官兵衛であった。それにしても、母里太兵衛は我の強い男である。

でも、間違ったことを言っていないから義兄となった栗山善助は黙っていたのである。

「うむ。太兵衛の言うとおり、秀吉公にどの武将より先に主君・織田信長公を討った

逆臣・明智光秀を討たせるのが、わしの役割であろうのう」
そう言うと、席を立った官兵衛であった。

二

官兵衛は母里太兵衛から背中を押されたこともあり、勇気凛々《ゆうきりんりん》として秀吉の前に出向いて進言した。
「かの母里太兵衛も申しております。それがしが常から申し上げておりますように、ここぞと言う時が来ますと、たとえ草履《ぞうり》片足、下駄《げた》片足で二つの物が揃わなくとも、男は実行に移すときが大切だと言っておりますので、太兵衛も、きっと、いまがその時だと考えてのことでありましょう。ですから一刻も早く上洛し、主君・織田信長公の仇をお討ちになることであります。各将に一刻も早く陣の撤退を申し上げ、全軍を率いて昼夜を徹して京都へ駆け上るのです。沿道の民衆は駈ける将兵の姿を見て、秀吉公は主君の弔い合戦ため、大軍を率いて上洛するのであろうと騒ぎたて、こぞって糧食や水などの用意をいたしましょう。さすれば味方の士気も上がるは必定。それを聞いた明智方の人心は、恐怖に陥ること間違いないと存じまする。なにしろ民の後押しほど恐ろしいものはありませぬ」

太兵衛は英賀の戦いのおりに、秀吉が直臣にするから欲しいと言った男である。官兵衛としては、その太兵衛の発案だとは言えないまでも、秀吉の心を動かす一因になるのではないかと、太兵衛の名を出してみたのである。

そうしたら案の定、秀吉は喜んで言った。

「母里太兵衛も、おぬしの考え方に賛意を示しているのじゃな。よし良かろう。明智は憎い仇敵である。おぬしらに言われるまでもなく、必ず奴を討ち果たしてやるわ」

「それは重畳《ちょうじょう》」

官兵衛は心で喝采をしたが、太兵衛の名前を出したことで、秀吉の決意が固まったことが嬉しかった。

主人・官兵衛を世に出したいと頑固なまでに考えている忠節な母里太兵衛である。官兵衛はそんな彼を絶対に離したくないと考えていた。

秀吉の軍勢は上洛の途についた。しかし、毛利方が変心して後方から襲撃してきたら難儀である。そこで秀吉は改めて訊いた。

「輝元は軽薄なところがある。隆景は信用できるが、輝元と元春は裏切らぬとも限らぬわ。官兵衛、その対策は立てているのか」

「それがしもその懸念を持って対策は練っております。あの人造湖は高松城が落ちたとき民衆を助けるために、二、三か所の堤を決壊しておきましたが、長い間、堰き止めた湖ならば、一気に堤防を切り落とすと、たちまち濁水となって氾濫《はんらん》し、一大湖に変わるでありましょう。そうなれば如何に勇敢な輝元・元春・隆景でありましょうとも深いところも浅いところも分からぬ湖を渡ることが出来ませせぬ。それに迂回して川上より渡ろうとすれば、その道程《みちのり》も遠く、道も険《けわ》しいゆえに、わが軍を追撃することなど困難になりまする」

官兵衛が言うと、秀吉は喜んで、

「では官兵衛、殿《しんがり》を引き受けてくれよ。黒田軍には主君の官兵衛、それに家臣の母里太兵衛らがいるので安心であろう」

秀吉は、逃がした魚は大きいと母里太兵衛のことを思い出しながら官兵衛に笑みを送った。

ところで秀吉が、高松を出立して一里あまり行ったところへ、官兵衛が馬に鞭を打って秀吉に追いつき、新たなことを進言した。

「後事のことはご安堵くださりませ。毛利方の追撃はないと存じます。なれど、念には念を入れて、ご了承いただきたいことがあります」

「何だ」

秀吉が怪訝《けげん》な顔で官兵衛を覗き込んだ。

「毛利から取りました人質二人を、お返しいただきたいのであります」

「えっ、何のためだ」

秀吉は驚いた。すったもんだの末に受け取った人質を返せとは、官兵衛は何を考えているのか、その真意が秀吉には見えないようであった。

「申し上げまする。人質はこの際、必要ではありませぬ……」

次に官兵衛が言葉を続けようとすると、聡明な秀吉が遮《さえぎ》るようにして言った。

「皆まで申さずともよいわ。おぬしの言わんとすることが分からんと思うてか。いま、人質を取っても何の効き目もないと言うのであろう。明智打倒の際には人質が邪魔になるし、また毛利の追撃を避けるためにも、人質を返した方が良策だと言いたいのであろう」

「しかりでございます。これは秀吉さま、あの母里太兵衛の考えでございます」

「そうではないかと思ったわ。それはそれとして毛利方には、信長公の仇討ちに人質は必要ないと丁重に言い訳をして、そなたが隆景に返すのだぞ」

母里太兵衛が秀吉を大人物視し、官兵衛を立派にして世間に押し出してやりたい気持ちを持ち合わせているのだと、強く感じている秀吉であった。

官兵衛が献策したことを快く引き受けた秀吉の申すとおり、小早川元総と吉川経信の人質を官兵衛が丁重に隆景と元春に返したところ、両人はその意外なことに驚いたが、

「黒田官兵衛の献策に違いない」

両人は官兵衛に深く感謝して、人質を有難く受け取ったのである。

しかし、元総と経信の両人は、秀吉が天正十一年（一五八三）、賤ヶ嶽《しずがたけ》で柴田勝家に勝利した以降、再び秀吉の人質として上坂している。

天正十年六月八日に姫路に到着し、一泊した秀吉は、

「一時的に将兵を帰宅させ、そののちに明智打倒に赴いたら如何であろうか」

と、官兵衛に相談した。ところが官兵衛は眼をむいて怒り出し、

「秀吉公、何という心得違いを申される。秀吉公の将兵を帰宅させて休ませてやりたいという優しい気持ちは分かります。なれど彼らが一度、家族と会ったならば勇気はたちどころに喪失《そうしつ》いたしましょう。ただいまの急務は、明智の機先を制することにあります。もしぐずぐずしておりますと、筒井《つつい》順慶《じゆんけい》や細川藤孝《ほそかわふじたか》ら親類が、明智の旗下に集まることも否めません。ですから一刻も早く上洛して明智光秀を誅伐することが大事かと存じます」

官兵衛が秀吉を諫めたところ、秀吉は躊躇なく軍令を発して、上洛の途に向かったのである。このことについては、官兵衛は母里太兵衛ら家臣に相談を持ちかけていない。

黒田官兵衛孝高という武士は才智と機略に富んでおり、頭脳明晰さにおいては秀吉麾下の諸将のうちでもおよぶ者がいないほどであった。

が、それも独断で遂行するのでなく、母里太兵衛のような優秀な家臣の意見を徴するところが多かった。

しかし急ぐ場合は、官兵衛独自の機略を発揮することもあった。いわゆる中国大《ちゅうごくおお》返《がえ》しと後世に言い伝えられていることは、外ならぬ黒田官兵衛の発想であることは疑いのないところである。

ちなみに、織田家の主な武将たちで、滝川一益は関東、柴田勝家は北陸路、神戸（織田）信孝と丹羽長秀らは四国を平定しようとしていたのである。

羽柴秀吉は山陽道、明智光秀は山陰道を固めながら、備中高松城を攻めている秀吉を援護する手筈になっていたのである。

「ただいまの情勢でしたら、秀吉公の方が、仇敵を討つには有利な動きをしています。それにしても、殿は上手に秀吉公を嗾《けしか》け、どの武将よりも早く動かしましたな」

母里太兵衛が姫路城を出立するときに、主君・黒田官兵衛に囁いた台詞《せりふ》である。

「うむ、いくさは死生命《しせいめい》ありと言う。迷っていては、もっとも重要な合戦は出来ぬものじゃ。こたびは、秀吉公はのんびりするきらいがあったゆえに、常にわしが申しているように草履片足、下駄片足という満足な状態でなくとも、まずは上洛して、明智光秀を先に討つべきだと進言したのじゃ」

「それは何よりでございました。他の武将も殿の先見には驚くでありましょう」

「それに物事を成すには、大衆の味方が必要である。見てみろ、わしが言ったとおりに沿道の民衆は、秀吉公の上洛を大歓迎しているではないか」

「そのことも官兵衛さまが先回りして、われら家臣たちを姫路城下に行かせ、通りかかる士卒や諸将を優待せよと、言われたからではありませぬか」

「それもそうだな」

官兵衛は、さも痛快そうに笑った。

姫路の町民らは粥を炊いて士卒に与え、将たちには酒肴《しゅこう》を捧げて手厚く歓送《かんそう》したのである。秀吉はこれを馬上から見て、

(姫路の町民はもとより黒田官兵衛や母里太兵衛ら家臣たちの、わしに対する厚情の現れであろう。疎かに出来ぬ。有難い)

涙を流して、喜んだ。

三

天正十年（一五八二）六月十三日の申《さる》の刻（午後四時ごろ）ころに、羽柴軍・総勢二万六千余人が明智軍一万六千余人に激突した。場所は山城国山崎である。世に言う山崎の戦いであった。

黒田軍は左翼山の手隊に所属し、秀吉の弟・羽柴秀長に従って、宝積寺《ほうしゃくじ》・別名宝《たから》寺《でら》の麓に布陣していた。宝寺は山崎の手前にあり、天王山と隣接して淀川沿いにある。

宝寺には先鋒として宮脇長門守らが登っていたが、長門守らが開戦すると同時に、黒田軍は挟み撃ちの態勢にあった。宝寺を占領して、秀吉は羽柴勢の本陣にする予定だ。

「皆の衆、この山崎の戦いは、秀吉公を天下人にする一戦になるに違いない。このときこそ、黒田の名を上げたいゆえ、頑張るがよい」

官兵衛は家臣団を叱咤激励した。中でも黒田軍の先頭にいた母里太兵衛が、

「殿の仰せのとおり、この戦は羽柴秀吉公を天下人にする端緒《たんしょ》になるやもしれませ

ぬ。いまこそ黒田軍の真価を発揮するときでござる。皆、命をかけて働きましょうぞ」

三千くらいの軍団を振り返って叫ぶと、黒田軍団は、

「おう、黒田のために皆が身を挺する覚悟であるぞ、太兵衛、安堵いたせ」

栗山善助が応じると、黒田軍は一斉に鬨《とき》の声を上げた。

宝寺を占領すると、明智光秀は勝龍寺城《しょうりゅうじじょう》へ逃げ込んだ。

戦況が不利だと考えたのかもしれない。すると、宝寺で戦っていた黒田軍も急遽、城を包囲したのである。

「秀吉公。この勝龍寺城は京の喉元《のどもと》にあります。ですから光秀も守ることに必死になりましょう。窮鼠《きゅうそ》猫を噛む譬《たとえ》もあります。いまの状態のように四方を囲んでしまえば、光秀も死にものぐるいで刃向かい、当方の犠牲も多く出ることは必定でございます。それよりは、光秀の領地亀山への血路を開いてやり、三方より攻めるほうが得策と存じます。さすれば光秀、その開けた一方に遁走するか、籠城するかを選択せねばなりませぬ。もし籠城を選んでも、明日は、われらが勝利すること疑いなしですが……」

「官兵衛よ、まさか血路を開いてやる案は、お前の賢臣《けんしん》・母里太兵衛の提案ではある

まいのう」

「ご想像にお任せいたします。申し上げておきまする。わが黒田家では、主人と家臣は一心同体だと考えておりまする。つまり主人と家臣は同じ立場にあるということでありまする。いうならば、黒田官兵衛も母里太兵衛も同じ黒田家の人間で、どちらが上だということはありませぬ。それがしはそのように家臣に接しておりまする。さすれば母里太兵衛の考えも、それがしの考えも同じであるということです」

「うむ、さすがに官兵衛は識者である。われら凡庸《ぼんよう》な人間には真似ができないわ」

秀吉は、それにしても官兵衛にはよい家臣がいるものだと改めて羨ましいと思った。

官兵衛は、秀吉が人心収攬の天才であることを知っていた。

しかも識者のうえでも秀吉が一枚上であることを知っていた。だが、秀吉はすぐに天狗になる性質であることも分かっていた。たとえば勝龍寺城を取り囲んでいる部将の中川清秀に神戸信孝はべんちゃらを言って労ったが、秀吉は、清秀を一瞥して「瀬《せ》兵衛《べえ》、ご苦労」と言った。

「筑前め、はや天下人にでもなったように、人を見下して物を言う」

と、中川瀬兵衛清秀が言ったことを官兵衛は耳にした。秀吉は清秀が荒木村重の麾下にあったことが気に食わないのかもしれない。

ともかく官兵衛が献策したように、秀吉は勝龍寺城を取り囲んでいる軍に命じて、血路の一方を開けさせて三方に明々と篝火を焚かして、城内にいる明智軍を恐怖に陥れた。

予想どおり明智軍は恐怖して、夜陰に紛れて亀山（いまの亀岡市）へ逃避する者が現れる有様であった。

明智光秀も横尾勝兵衛ら六人ばかりを引き連れて密かに城を脱出して、坂本城へ向かう途中、小栗栖《おぐるす》（現・京都市伏見区）の竹藪で土地の住民に、鎧や刀などを狙われ、殺されてしまったのである。

このとき城内に残っていたのは百余人であったが、黒田軍の母里太兵衛・栗山善助らが真っ先に飛び込んで、

「織田信長公の仇討ちだ。覚悟いたせ」

と、母里太兵衛が叫ぶと、栗山善助らが明智軍に斬りかかっていった。とくに太兵衛の活躍ぶりは、後日に語り継がれるほど見事なものであった。

賤ヶ嶽合戦

一

山崎の戦いで大勝利を得た羽柴筑前守秀吉は、天正十年（一五八二）六月二十七日、尾張国清洲城に織田家の主なる部将が集まって会議を催した。つまり清洲会談である。

会議の目的は、織田信長の跡目相続の問題であった。

信長の遺領と明智光秀の死による闕国《けっこく》（領主のいない国）の分配である。

参加者は、池田恒興《いけだつねおき》・蒲生氏郷《がもううじさと》・柴田勝家《しばたかついえ》・滝川一益・筒井順慶・丹羽長秀《にわながひで》・羽柴秀吉・蜂屋頼隆《はちやよりたか》・細川藤孝・堀秀政《ほりひでまさ》らであった。

会議は、池田恒興・柴田勝家・丹羽長秀・羽柴秀吉の四人が中心になって、行われることになった。

勢力範囲は、柴田勝家と羽柴秀吉が対立していたが、秀吉は、はじめから池田恒興を味方に引き入れており、残る丹羽長秀が、どう動くかが問題になっていた。

跡目相続の候補者は信長の次男・織田（前・北畠）信雄、三男・織田（前・神戸）信孝（信雄より二十日も早く生まれていたが、生母の身分が低かったために三男にされていた）四男・於次丸《おつぎまる》（秀吉の養子で、羽柴秀勝）、信長の長男・信忠の遺児である三法師《さんほうし》（のち織田秀信）であった。

会議の冒頭に宿老筆頭・柴田勝家が発言した。

「上様と仰ぐのは実際の長子である信孝さまが、至当かと存ずる」

信孝と勝家の間で約束されていたに違いない。これまで以上に、勝家の権威が強まることになっていたのであろう。

「ごもっとも」

誰もが勝家の権威を恐れて、納得する雰囲気であったが、秀吉が異論を唱えた。

「柴田さまのご意見ももっともなれど、信孝さまを立てれば、信雄さまがお困りになると存じまする。むかしよりの慣わしでありまする長男の嫡子・三法師さまが跡目を継ぐのが至当ではございますまいか、皆さま、如何でありましょうか」

柴田勝家は猿め余分なことを言うと舌打ちをしたが、秀吉は筋道を言っているので、顔を睨み返すのがやっとのことであった。

勝家が黙ると、座敷の雰囲気が湿っぽくなった。

「それがしは、いつもの虫気《むしけ》が起きましたので、少しだけ中座いたしまする」

秀吉は、脇腹を押さえながら座敷を出た。その後、丹羽長秀が、

「秀吉どのは不在でござるが、それがしの存念を申しまするとと秀吉どのの申す所存が正しいと存ずる。それに秀吉どのは、信長公の仇敵・明智光秀を山崎で誅伐した功労者、それも参考にするのが、われらの責務と存ずる」

柴田勝家と丹羽長秀とは宿老筆頭の地位を競った仲である。両者は、ともに武勇の者であるが、勝家が武勇一辺倒に対して長秀は柔らかい態度で人当たりがよい。

それが効を奏したのか、丹羽長秀の評言に全員が賛意を示す。

厠から戻ってきた秀吉が信長の跡目相続した、三歳の三法師を膝の上に抱いて、上席に座ると、気脈を通じている柴田勝家が気脈を通じている滝川一益に眼で合図をして、

「秀吉の猿芝居よ。すぐに襤褸《ぼろ》が出るさ」

と、耳元で囁いた。

領地の分配においても羽柴秀吉の優位は明らかであった。播磨・山城・河内・丹波

を新しい所領としたが、柴田勝家は越前のほか秀吉の旧領・長浜を加えただけである。

面白くないのが、共に本能寺の変以降、織田に復した信雄・信孝兄弟である。それに柴田勝家と同調する滝川一益であった。もともと信雄・信孝の兄弟は仲が悪かった。これを理由に、秀吉がうまく煽《おだ》てて、清洲会談に参加させなかったのである。

そのうえ信孝を推していた勝家も清洲会談で負けたので、秀吉憎しと変わっていく。

滝川一益は関東管領に任じられていながらも、小田原城主・北条氏政《ほうじょううじまさ》・氏直《うじなお》父子と神流川《かんながわ》の合戦で大敗、それに信長の敵討ちができなくて腐っていた。

一益は柴田勝家に上手く利用されて仲間に入れられ、織田信孝と組んで羽柴秀吉に挑んだのが賤ヶ嶽合戦であった。勝家は、天正十一年（一五八三）三月に行動を起こしている。

二

ところでその合戦の最中、黒田官兵衛は秀吉の帷幕《いばく》にいないで、十三番隊に分けた五番隊において、羽柴秀吉本陣の前方に布陣していた。

秀吉が大垣城に入って、岐阜城にいる織田信孝を攻略している間に戦況が不利となった。

柴田軍の副将・佐久間盛政《さくまもりまさ》（勝家の甥）の奮戦により、大岩山の中川清秀が討死、岩崎山の高山重友《たかやましげとも》（右近）も木之本へ敗走、賤ヶ岳の桑山重晴《しげはる》も遁走する有様で、下手をすると羽柴軍の惨敗という状況となった。このとき官兵衛は腹心とする栗山善助を招いて、

「わが嫡子・長政を領国まで連れて行ってくれまいか。もしかすると、羽柴勢は総崩れする恐れもある。しかしどうしても長政を生かしてやりたい」

必死な面持ちで言った。すると善助は不服そうな声を出し、

「そのような役目は、他の人に回してください。それがしは殿とご一緒に死ぬ覚悟でございますから……」

と断った。そのとき何事かと顔を覗かせた母里太兵衛は、

「殿、そんな道理に合わないことを言うのではありませぬ。若君・長政さまは十六歳で、この戦は初陣のはず。それがしは、この戦いで若君に敵の兜首を取ってもらおうと張り切っております。殿はそれがしに、長浜城におられた松寿丸さまの具足親《ぐそくおや》を命

ぜられたが、それを蔑ろにして、若君を敵前逃亡する卑怯者にするおつもりか」

眼を三角にして、がなり立てる。

「太兵衛、殿に向かって口幅ったいことを言うものではない。おぬしの言葉付きは殿に対しても、友に物を言うようで、どちらが上か下かが分からないわ。おぬしも今年で二十六歳のはず。もう少し大人になるとよい」

善助は、久しぶりに義兄として注意を与えた。

「はっ」

太兵衛は善助に逆らうようなことをしない。それは、官兵衛から教えられたことでもある。ともかく太兵衛は、善助にだけは絶対服従を貫いていた。

「善助、お前の言うことは確かに正しいと思う。が、人間にはいろんな類型がある。お前みたいに温和《おとな》しく、他人を善導する姿勢と深い知識を持ち合わせている人間。それに対して太兵衛は確かに口は悪い。しかし真っ正直であり、わしへの忠誠心だけは誰よりも強いと思われる。いまでも口は荒っぽいが、主人のわしのことを思って意見してくれている。善助、口の悪いのがどれほどの障りがあろう。許してやってくれ。だが、親子一緒に死ぬるのは吝《やぶさ》かではないにしても、子孫を残したいという親心を察してもらいたい。太兵衛」

「親心は分かるつもりです。それがしの母方・母里家のように絶えてしまうのも如何かと存じまして、殿のご指図どおり、それがしが家名を継ぎました。なれど若君さまは、この賤ヶ嶽での戦いが初陣、ご本人次第でござりまする」

太兵衛は長政の考え次第であると、官兵衛と善助に言った。そのことを善助が長政に伝えたところ、

「近江源氏の子孫とも思えぬ卑怯なお考えだ。父上は日頃、武士は逃げることが一番の臆病者だと仰せではござらぬか。それに拙者は母里太兵衛と約定して、必ず兜首をあげると言っている。それを果たさねば男が廃《すた》るわ」

長政は、善助に怒りをぶつけたのである。

官兵衛は長政の覚悟を訊いて安堵し、長政は陣営を死守するつもりであった。

そのとき、大垣城で対織田信孝の攻撃策を練っていた羽柴秀吉が、約一万五千の将兵を引き連れて賤ヶ嶽に戻ってきた。

二十日に中川清秀が討死したことの報告を受けて、翌二十一日には賤ヶ嶽に到着したというから、まさに中国大返し並みの、早帰りである。

ある説によれば、この早帰りも秀吉の計算の内というから、恐ろしい戦術家であった。

官兵衛軍も柴田勝家の副将・佐久間盛政の第二陣と戦い、特に母里太兵衛は先手で活躍し敵将の数人を討ち取っている。

また、長政も敵将の兜首をあげて勇名を轟かせた。

それは、あくまで母里太兵衛の助けがあってのことであった。

「深追いはならぬぞ。秀吉はとんでもない策を講じる男である。賤ヶ嶽の峻険《しゅんけん》なところに迷い込んだら生け捕りにされかねない」

勝家は盛政が姉の子だから可愛いのだが、合戦となれば別問題だ。勝家は盛政に厳しい注意を与えていた。

勝家は元亀元年（一五七〇）近江の長光寺城の籠城戦で水瓶を割って味方の士気を高め、六角承禎軍に勝利して「瓶割り柴田」とか「鬼柴田」という武名を轟かせている。

武略のうえでは盛政より数倍上の策謀を持っていた。だが、佐久間盛政は三十一歳と若い。

しかも中川清秀を討死させ、高山重友と桑山重晴を敗走させる勝利を得て得意となっていた。官兵衛が子・長政を逃亡させようとしたのも、そのころである。

「叔父御は、気後れしたのか」

勝利に酔った盛政は峻険な山を踏み分けて、弟の佐久間勝政《かつまさ》を伴い前方へと突き進んだ。

しかし秀吉が、大垣から美濃《みの》大返しをしたことで、羽柴軍が勢いを出した。このとき、加藤清正《かとうきよまさ》・福島正則《ふくしままさのり》・脇坂安治《わきさかやすはる》・加藤嘉明《かとうよしあき》・平野長泰《ひらのながやす》・片桐且元《かたぎりかつもと》・糟屋武則《かすやたけのり》ら賤ヶ嶽七本槍の勇士が誕生する。

敵方の佐久間兄弟は逃げ場を失ってしまった。

そこへ黒田官兵衛軍が襲い掛かって、母里太兵衛が先手になり、逃げ去ろうとする佐久間兄弟を生け捕りにしてしまったのである。

佐久間盛政らを秀吉に引き渡すと大いに喜び、

「黒田官兵衛に問えば、これは母里太兵衛の手柄だと言う。太兵衛はいままでは黒田家において随一の手柄を立てる者だと言うが、英賀の戦いのとき、太兵衛を直臣に出来なかったのが、返す返すも口惜しくてならぬ。いまでも、欲しい男である」

と言いながら、佐久間盛政らを受け取った。

盛政を受け取った秀吉は、そのころ、北近江の柳ヶ瀬山《やながせやま》本陣から、居城である越前国北ノ庄城へ退却していた柴田勝家に対して、見せしめのために、佐久間盛政らを晒《さら》したのである。

これを見た柴田勝家は、

「猿と渾名された青二才に、名を上げさせることになったか」

織田家宿老筆頭の柴田勝家は、小者から伸《の》し上《あ》がって来た羽柴秀吉に為《し》て遣《や》られたと苦笑いをし、城中において、前年再婚した小谷《おだに》の方《かた》（織田信長の実妹・お市の方）とともに自刃して果てた。

「官兵衛、母里太兵衛の活躍もあったのであるが、分けてやる所領も少なくて申し訳ない。播州で千石しか与えられないが、いま暫く辛抱してくれ。しかし長政には、二千石を与えてやるわ」

秀吉が官兵衛に頭を下げて言った。

柴田勝家の所領も、ほとんどを諸将に与え、それほどまでに諸将に気を遣っている秀吉であった。

「有岡城脱出のおり、過分な扱いをしていただいておりますゆえ、こたびは、その返礼にと思い働いているだけのこと、お気になさるな、千石で十分でござる」

官兵衛は、改めて秀吉の配慮に感謝していた。官兵衛は播州揖東郡内で千石の加増となり、都合二万一千石の身代となった。天正十一年（一五八三）十月のことである。

勇猛武士

一

「未練たらしいのかもしれぬが、母里太兵衛のことが気になってしかたがない。官兵衛、いまいちど太兵衛に会ってみたいが。会わしてくれぬか」

秀吉が、賤ヶ嶽の戦後に官兵衛へ語りかけた。

「お安いご用でございます」

官兵衛は、秀吉が太兵衛に強く執着していることを改めて知った。しかしたとえ相手が秀吉であろうとも、太兵衛だけは絶対に手放したくないと、堅く心に誓っていたのである。

じつは賤ヶ嶽合戦において、太兵衛が嫡子長政の初陣に貢献したこと、先手を希望して活躍したことなど、事細やかに秀吉に伝えていたのである。

「太兵衛がわしの直臣になれば、石田三成《いしだみつなり》や大谷吉継《おおたによしつぐ》も及ばぬくらいの武将にするものを、官兵衛、太兵衛は絶対に手放さないか」

「それだけはご勘弁ください。いまでは太兵衛は、拙者の宝物でござりまする。それを秀吉さまに差し上げましたら、それがしの生き甲斐がありませぬ」

「それは残念、わしは黒田官兵衛を誰よりも頼りにしておる。官兵衛を失うのは何よりも痛いわ。太兵衛のことは諦めるほかはあるまいのう」

秀吉は、さも残念そうに言った。

ともかく、秀吉と母里太兵衛は、摂津国生田《いくた》の森《もり》（現・神戸市中央区の生田神社）付近で会うことになった。

秀吉は築城中の大坂城から四国へ向かうときに、母里太兵衛が播磨国（現・兵庫県）から四国へ向かう途中である。

「黒田官兵衛には断られたが、いま一度訊ねる。おぬしはわしに仕える気はないか」

「それがしは、秀吉公に仕えるような器ではありませぬ。官兵衛さまのもとで忠誠を尽くして、一生を過ごしたいと存じまする」

「返す返すも惜しいぞ。ならば、わしからの贈り物は受け取ってくれようのう」

秀吉が太兵衛に言った。

「有難く頂戴いたします」

秀吉が何を与えようと、太兵衛に拒む理由はなかった。

ならばと言って秀吉は、小姓に引かせている鞍置馬《くらおきうま》を太兵衛に手渡したのである。

その後、かつて織田信長が乗っていた鞍置馬を秀吉に褒賞として与えていたが、これも黒田官兵衛に与えたのである。

「太兵衛の先手の功績は、それがしの功績などと比較できないものであった。だからこの鞍置馬も太兵衛に進呈させてください」

官兵衛は論功行賞に貰った鞍置馬を惜しげもなく、太兵衛に与えたのである。

天正十三年（一五八五）五月、四国征伐がはじまった。

「土佐の出来人《できびと》」と言われる長宗我部元親《ちょうそかべもとちか》が土佐守護代・細川勝益《ほそかわかつます》の支配力の低下によって、土佐はもとより、四国を統一しようと土佐国岡豊《おこう》城から立ち上がり、四国のほとんどを手に入れて、天正八年には織田信長との人間関係をつくり、信長を名乗《なのり》親《おや》にし、嫡子に諱《いみな》の字を受けて信親《のぶちか》と名乗らせていた。

しかし天正十年の年頭に信長と決裂し、翌十一年（一五八三）には四国全土を併呑《へいどん》していた。そんな元親は柴田勝家の勧誘に応じて、羽柴秀吉と対立していたのである。

黒田官兵衛は軍監《ぐんかん》（参謀）として四国征伐の総大将・羽柴秀長を補佐し、備前・淡路・播磨の諸将を集めて約二万三千の軍勢を率いて、讃岐の屋島《やしま》に上陸した。

最初に攻撃したのが喜岡《きおか》城（高松城）である。守将は高松頼邑《たかまつよりむら》であった。

この城は小さかったが、周囲に深い空堀《からほり》を築いた要害であった。ここは仙石秀久《せんごくひでひさ》の希望によって先陣として、頼邑らは討死して瞬く間に落城した。次いで藤尾城と植田城を攻めると、いとも簡単に降参するのだった。

不思議に思った母里太兵衛が、土地の老農夫に訊ねてみると、

「この辺りの豪族たちは、最近、長宗我部元親さまに降ったばかりで、本気で元親さまのために、死ぬほど抵抗してやろうという考えは持っていない」

と、武士たちの戦いに、うんざりしている様子で答えた。そこで太兵衛は、主人・黒田官兵衛に進言したのである。

「敵の主力は阿波にございまする。早々に阿波を攻めませんと敵を強固にする恐れがありまする。無駄な攻め方をして、味方を死なせるのも愚の骨頂と言うものでありましょう」

ずけずけとした物言いであるが、太兵衛の考えは真実を衝《つ》いていた。

「確かにそうであろう。皆に知らせてやろう。いつもながら太兵衛はよき考えを教え

てくれるものよ。有難く思っているぞ」

太兵衛は官兵衛より十歳も年下だ。それでいて、自分よりもはるかに才覚があるのではないかと思う官兵衛であった。

（ともかく秀吉公が直臣にしたいと欲しがった男である。わが黒田家にとって、これ以上の頼り甲斐のある奴はおらぬわ）

官兵衛は、太兵衛の厳《いか》つい体躯を眺めながら、眼を細めて呟いた。

「長宗我部元親は阿波の白地城《はくちじょう》にいる。讃岐は枝葉と思われる。その枝葉のために日時を過ごすのは無駄だと存ずる。すみやかに阿波に転進して、阿波に上陸した羽柴秀長公や羽柴秀次公の友軍と合流し、敵の元親を叩くべきである。元親が降伏すれば他の諸将たちも降伏するに違いない。およそ戦いの秘訣は、将兵を無駄に疲れさせないことだ。讃岐は将兵を疲れさせるだけのことだから早く転進しよう」

官兵衛は、屋島城近くの高松城に宇喜多秀家《うきたひでいえ》・蜂須賀正勝・蜂須賀家政《いえまさ》・仙石久秀らの将兵を集めて説得したのである。これも太兵衛の発案によるものであった。

このことを白地《はくち》城で訊いた元親は、

「宇喜多は多勢を頼んで驕っていよう。仙石は去年、引田《ひけた》で敗走している。彼らを植田城におびき寄せ、ひそかに間道から援軍を送り込んで、彼らを壊滅させようと思っていたが、黒田官兵衛のような者に、先を読まれるとは非常に残念である」

悔しがること、一入《ひとしお》であったという。

二

それでは白地城直前にある岩倉城での、黒田軍の活躍を語らねばならない。

「殿、将兵を疲れさせずに敵に恐怖を持たせることが肝要かと存じます。それには、城中の櫓より高いところから大砲を撃ち込むとかするほうがよいのではありませぬか」

母里太兵衛が例のように、黒田官兵衛に耳打ちした。

「うむ、それはよい考えだ」

黒田官兵衛は素直に喜んだ。

官兵衛は太兵衛のことを十歳も年下の若僧であるとか、家臣であるとかを超越し、才覚を補ってくれる側近顧問であるというように思っていた。

岩倉城は上ノ原の台上にあり、阿波で随一の要害であった。

この城には守将として剛将の長宗我部掃部頭《かもんのかみ》（比江《ひえ》山親興《やまちかおき》・元親の従兄弟）がいて難攻不落の城であると言われていた。それだけに如何に大勢の羽柴勢でも、容易に落とすことはできない。

官兵衛が太兵衛らに材木を集めさせた段階で、四国攻めの副将・羽柴秀次が、

「官兵衛軍が奇妙なことをはじめた。岩倉城攻めなのに材木を集めさせている」

秀次が、総大将の羽柴秀吉に報告したところ、

「謀《はかりごと》は大小にかかわらず官兵衛に任せてある。彼に何か考えがあってのことであって、家臣たちに材木を集めさせているのであろう。黙って見ているがよい」

拍子抜けするような返事が返ってきた。

秀吉は、官兵衛のやることには全面的に信頼を寄せているのである。

それにいま一つ、官兵衛には母里太兵衛の存在がある。それが羨ましかった。官兵衛は太兵衛を親戚の子と言っているが、この主従はまるで兄弟みたいな信頼関係を持っていた。

官兵衛は太兵衛の進言どおり、集めた材木を岩倉城の物見櫓より高く積み上げて井《い》桁《げた》をつくり、その上に大砲をおいて、毎日三回ずつ大砲を城中に撃ち込ませ、同時に味方全員に鬨の声をあげさせた。すると掃部頭は、十九日目に城中から白旗を掲げた。降参のしるしである。

これを合図に官兵衛が、栗山善助や母里太兵衛らを軍使にして、岩倉城へ赴かせる

と、長宗我部掃部頭は降服を申し出て将兵を引き連れ、土佐へと逃げ延びた。

岩倉城が落城したと聞けば、脇城の長宗我部親吉《ちかよし》も城を開いて土佐へ逃げた。

これを機会に、小さな属城も次々と降服して、白地城の長宗我部元親も、戦うか降伏かの去就を決するときがおとずれた。このとき一宮城を守っており、一宮神社の神官でもあった谷忠澄《たにただずみ》が七月二十日ごろに白地城を訪れて、元親に降伏を勧めた。

「西国一円で名の知れたこの元親が、秀吉の軍と一戦もせずに降伏するとは、恥辱以外のなにものでもない」

最初、元親は激怒したものの、家臣一同も忠澄に同調して降伏を勧めたので、やむなく降伏することになった。そのころ朝廷から関白に任ぜられて気をよくしている秀吉は弟・秀長より元親降伏を聞くと、

「土佐一国は安堵してやれ、岡豊城の主から立ち上がって、四国を平定した男である。一国の主は妥当であろう」

秀吉は大らかに言った。

自分こそ尾張国中村在の農民から身を起こして天正十三年七月十一日、位、人臣を極め、従一位関白《かんぱく》の宣下を受けている。その後、豊臣姓を賜《たまわ》った。

このときの秀吉にとって、長宗我部元親への大らかさなどは、些細な事柄であった

に違いない。

天正十三年八月六日、正式に元親が降伏すると、秀吉は論功行賞で大盤振舞いをした。阿波の十七万七千石のうち、一万石を赤松則房《のりふさ》に与えたほか、蜂須賀家政にも与え、讃岐一国の十二万石のうち、二万石を十河存安《そごうまさやす》に分与したほか、仙石秀久にも与えた。

その他、伊予の三十五万石を小早川隆景に、二万三千石を安国寺恵瓊に、三千石を来島康親《くるしまやすちか》（長親《ながちか》）に分与している。しかし秀吉の身内や黒田官兵衛には一石も与えていない。

それは官兵衛を呼んで伝えていた。

「来年は九州征伐を心懸けている。そのときを楽しみにしてもらいたい。九州平定後は、必ず一国を与えるつもりでいる」

九州征伐を予告して、秀吉の身内や官兵衛らに論功行賞をしたいと示唆した。

三

天正十四年（一五八六）春、黒田官兵衛孝高は従五位下・勘解由次官《かげゆじかん》に叙任《じょにん》された。

このとき、母里太兵衛ら家臣団の前でこう言った。

「この叙任は、けっして自分だけ戴いたものでなく、家臣全員で載いたと思っている。そのつもりで、今後ともよろしく働いて貰いたい。さらに関白秀吉公との約定で、九州平定後は一国を与えるという。そのときには、皆にも分与するつもりでいる」

「殿は家臣に気を遣いすぎまする。どうか家臣は身体の一部だと思って、使い捨てにしてください」

栗山善助が言うと、母里太兵衛たちもこぞってうなずく。

「有難い。なれど家臣はわが宝物である。疎《おろそ》かにしては罰が当たるわ」

官兵衛は声を湿らせて言った。

官兵衛は策謀家ではあるが、家臣たちには赤裸々《せきらら》な自分を見せる人間であった。それは母里太兵衛も類似していた。

天正十四年八月、九州征伐が発動された。

九州六か国の守護・大友宗麟《おおともそうりん》（義鎮《よししげ》）が、薩摩・大隅・日向三か国の守護・島津義久に攻められることを嫌い、この年の二月、長束正家の紹介で豊臣秀吉に会い、現状を救済してくれと頼んだのである。

「さぞかし大変でござろう。援助いたそう」

豊臣秀吉は簡単に引き受けたが、じっさいは旧主・織田信長の計画を踏襲したに過ぎないのである。

このようにして宗麟は、秀吉に自ら接近するに至った。島津一族の島津義久・義弘《よしひろ》・家久《いえひさ》・歳久《としひさ》らは、秀吉を小馬鹿にして彼の挑戦を受けたのである。特に義久は、

「農民出身で、猿面冠者の関白に何ほどのことがあろう。われらは大友も同じ源頼朝公を先祖としている武士の出である。ゆえに、秀吉など恐れるに足りぬわ」

豊臣秀吉が、戦いを挑むなど笑止のことだと馬鹿にしてかかっていた。

ときに、黒田官兵衛は九州征伐の功名に賭けていたと言ってよい。秀吉から一国を貰う約束をしているからである。

そのころ一万石で、二百五十人を出すのが通例となっていたから、長政の所領二千石を合わせても、三万石に満たない所領であった。本来なら七百五十人でよいものを官兵衛は約四千人の兵士を率いていた。

秀吉から軍《いくさ》奉行に命ぜられていたから兵士の数は少なくてよかったはずであるが、毛利輝元・吉川元春・小早川隆景にも出陣を促して人員を増やしている。

天正十四年十月に官兵衛軍は門司へ渡り、小倉城を攻め落とした。

そして当月の十一日に宇留津《うるつ》城《じょう》攻撃がはじまった。先手は母里太兵衛である。

この城は豊前築上郡《ちくじょう》（いまの福岡県築上郡築上町宇留津）にあった。城将は加来与次《かくよじ》郎《ろう》といった。むかし、平氏追討のために緒方惟栄《おがたこれよし》が築いた豊前五城の一つであった。ときに城兵は二千有余、城中に避難した者、農民等男女数百人いた。それを太兵衛らは城兵千余人を鏖し、男女三百七十三人を生け捕りにしたのである。

太兵衛の働きは抜群であったとして、秀吉は官兵衛に感状を与えている。このとき太兵衛の加勢をしたのが栗山四郎右衛門・井上九郎右衛門・後藤又兵衛・野村太郎兵衛らであった。

高城《たかじょう》の戦いで敗れた島津一族はこれ以上抵抗しても無駄と悟り、秀吉軍に降参したのである。

島津義久は剃髪して龍伯《りゅうはく》と名乗り、川内《せんだい》・泰平寺《たいへいじ》において豊臣秀吉に謝罪した。

天正十五年（一五八七）八月、秀吉は豊前八郡のうち京都《みやこ》・築城《ついき》・仲津《なかつ》・上毛《こうげ》・下《しも》毛《げ》・宇佐《うさ》の六郡を黒田官兵衛に与えた。

通説では十二万石（他の説では、十八万石）の石高であったと言われている。ただし、企救《きく》・田川《たがわ》の二郡は秀吉の寵臣・毛利吉成《よしなり》（小倉六万石城主・壱岐守《いきのかみかつのぶ》勝信）に与えられている。

その年、母里太兵衛にも嬉しい出来事があった。

「こたびの島津攻めにおいては、母里太兵衛も抜群の働きをしたと言うではないか。何か褒賞を与えたいと思うが、何がよいであろうのう」

関白秀吉は、贔屓の太兵衛に何か与えたくて、仕方がないようであった。

「太兵衛はかねてから関白さまへのご奉公をいつも心懸けていますが、戦場へ槍を抜身で持っていきたいと申しております る」

「うむ。そなたも存じているように、いまの世では、抜身の槍を持つのはご法度になっている。それを太兵衛だけに許すのは如何なものかのう」

関白秀吉は顔を曇らせて、躊躇した。

「殿下は、関東の北条氏政・氏直父子などを除けば、天下を統一したも同然のお方、もはや天下人と呼んでもよいと考えられまする。ゆえに殿下のお考えで、ご法度も廃してもよいものがあっても、よいのではありませぬか」

「そうよのう」

関白秀吉はしばらく考えていたが太兵衛にかぎり、これを許したのである。

この時代、たとえ急な出陣であっても、槍は鞘に収めるのが慣わしであった。

それを母里太兵衛に限って、出陣のときから抜身で槍を持参してよいと秀吉が許したのである。

「ただし、母里太兵衛、またはその子孫が如何なる大身になろうとも、抜身の槍の数は十五本を超してはならぬ。よいな」

秀吉は、太兵衛の主人である官兵衛に厳命した。

「殿下は、この官兵衛などより、そなたに褒賞をやりたいような様子であった。次の合戦より抜身の槍を出陣のときから持参してもよいとのことじゃ。しかし十五本に限るという仰せであった。それにしても天下に類なきことなれば、母里家はもとより黒田家にとっても名誉なことである」

官兵衛は羨ましそうに、太兵衛に伝えたのであった。

「わが家も名誉なことですので、有難く拝受いたします」

「わしからの論功行賞で、おぬしに新封のうち中津で六千石を与える。それから、そなたにいい話がある。それは大友宗麟どのの娘御との再婚話だ。わしが勝手に受けてきたが、支障はあるまいのう」

官兵衛は、太兵衛が女性に対しては慎重であることを知っていたので、太兵衛の気持ちを訊いてからと、紹介者の関白秀吉に話しておいた。

「先妻が吉太夫という子を残して亡くなり、七年目になりまする。それがしとて石や金で出来ている人間でありませんので、女性が嫌いという訳ではありませぬ。正直いって好きな方でありまするる。しかし、面倒臭くて今日に至りました。大友宗麟（義鎮）さまのご息女とは、もったいのうござりますが、関白秀吉さまや殿からのお話であれば、これも有難くお受けいたしまする」

太兵衛は丁重に頭を下げた。

ちなみに吉太夫は、文禄《ぶんろく》二年（一五九三）六月、文禄の役のときに初陣も果たさず玄海灘で溺死している。そして妻に迎えるのは宗麟の妾腹《しょうふく》の娘・幸《さち》であった。十四歳になったばかりである。太兵衛は三十二歳。

祝言は、天正十五年の秋、中津城内の母里邸で行われた。

いわゆる重臣たちが住む長屋である。仲人は豊前国中津城主・黒田官兵衛夫妻であった。

祝言を挙げる前、官兵衛が太兵衛に囁いた。

「城井谷《きいだに》城主の宇都宮鎮房《うつのみやしげふさ》が問題を起こしそうである。しかし今宵は、わしの一番の寵臣である太兵衛の祝言じゃ。何も考えずに、初夜を十分に過ごすがよいぞ」

「有難うございます」

太兵衛は答えたものの、そこは黒田軍の先手隊長である。若い妻を貰ったからといって、浮き上がってばかりはいられない。

だがここ数年、刃の下ばかり潜り、殺伐《さつばつ》としたときばかりを過ごしてきた太兵衛にとって、新妻の幸が新鮮な果実のように映ってしかたがない。

(今宵一夜ぐらいは幸を頬張って、悦楽《えつらく》の一時《ひととき》をすごしてもよいであろう)

頬を赤く染めている幸を横目で見ながら、早くも太兵衛は、男の象徴を誇らせていた。

太兵衛は祝言が終わるのが待ち遠しく、床入りを急いだ。はしたないと思うのだが、幸を抱いていると、その新鮮さが、太兵衛の勇気を何回も奮い立たせるのであった。

夜明けになってもその勇気は消えることがなく、幸の方が心配して、

「太兵衛さま、大丈夫ですか」

と、たずねるくらいである。初めてであったが幸は若い、夜明けになろうとも夫婦の営みは続けられる自信があった。

それより黒田官兵衛が太兵衛の耳元で囁いていたことも気になった。幸は流石に戦国の武家育ちである。戦乱など闘争事に関することは気になるようであった。

「大丈夫だ。そんなことより殿から囁かれたことが気になってしかたがなかった。そのことは、お前と祝言するときから考えているわ。戦いのことは片時も忘れたことは

ない」

太兵衛が寝衣《ねまき》の襟をなおしながら言った。幸は男らしい身体を惚れ惚れと見ていたが、その話しぶりも、父・宗麟とはひと味ちがう軍人《いくさびと》の野性味があった。

太兵衛の身体つきは、六尺豊か（約一九八センチ）と背が高いだけでなく、鋼《はがね》のような筋肉が隆々としており、見るからに男臭くて、そのうえに顔の髭が濃い。まるで仁王様のようだが、眼の輝きが人間の男の優しさを秘めていた。

幸は一夜の交わりであったが、太兵衛が好きで、好きでたまらなくなっていた。

四

官兵衛と太兵衛が話題にしていた宇都宮鎮房は豊前の国侍である。

関白秀吉から九州攻めのとき出陣を命じられたが、病気だと称して長男の朝房《ともふさ》にわずかの手兵を引率させて参戦させていたのである。

しかし朝房は律儀に島津軍と戦っていたので秀吉は父の鎮房に対して、伊予国（愛媛県）今治《いまばり》十二万石の朱印状を手渡した。ところが鎮房は、朱印状を突き返し、

「城井谷は先祖の信房《のぶふさ》が源頼朝公より拝領したもの。拙者で十八代、四百年近く継承しておる名門でござる。ゆえに豊前から離れたくござりません。しかるに禄高は少な

くなっても結構ですから、城井谷に置いていただきたい」

と言った。鎮房は、この農民上がりが何を生意気なことを申すといった顔付きをしていた。それが癇《かん》に障ったのか、秀吉は急に怒り出し、

「ならば、朱印状と新しい封地《ほうち》・今治を返していただく。おぬしの勝手にいたすがよい」

席を立ってしまったのである。

鎮房は城井谷城に立て籠もり、新国主の黒田官兵衛の入国に反抗したのである。

官兵衛は母里太兵衛に相談した。

「太兵衛、何かいい考えはないものかのう。宇都宮氏は名族、しかも四百年近く豊前に住んでいる地方豪族である。この地に深い執着があって、ごねているのであろうが奴の心情も分からぬことはないわ」

黒田官兵衛も播磨の地方豪族であった。一応の理解は示したものの、豊前国内の不満分子を残しておくのは、危険に思えて仕方がない。

「殿が国主に任ぜられた以上、たとえ名族の宇都宮氏とて、勝手な振る舞いをさせては殿が困りまする。殿には毅然として鎮房と対応していただきたいものです。たとえば関白秀吉公に信頼も篤い、小倉城六万石城主・毛利吉成《よしなり》どのなどに調整してもらっ

たら如何でしょうか。吉成どのは関白秀吉公の直臣、うまく事を運んでくれると存じます」

「そうよのう。わが豊前に二郡も与えられるくらいの吉成どのが仲介すれば、おそらく秀吉公にも角が立つまいて。相変わらず太兵衛は、よい考えを出すものよのう」

世辞ではなく、官兵衛は真顔で太兵衛に言った。官兵衛は真底、彼を頼りにしているのである。太兵衛もまた、官兵衛のためなら命も惜しくないのであった。

官兵衛が吉成に頼むと、吉成は胸を叩いて引き受けた。

「けっして官兵衛どのに悪いようにはいたさぬつもり。ご安堵されよ」

自分より年上の官兵衛から頭を下げられて、気分のよい吉成であった。

城井谷に出かけて行った吉成は、宇都宮鎮房におもむろに言った。

「貴殿は名族、この国に残ってもらわねばならぬ。そのために拙者は貴殿のもとへ参った。関白秀吉公は建前を大事にするお方じゃ。貴殿に異心がないことが分かれば秀吉公も貴殿を咎め立てはなさるまいと存ずる。その証に城井谷城を開城されるがよろしいだろう」

鎮房は吉成の熱心な口説きぶりに感じ入ったのか、城井谷城を開城することを約束した。

鎮房はひとまず子・勝信の新領地に入って吉成の知らせを待っていたが、一向に話が進展する様子がない。

(毛利吉成は秀吉の寵臣の一人、これは騙されたかもしれない)

そのように、吉成を疑いはじめた鎮房であった。

そのころ官兵衛は、

「城井谷城事件は、関白秀吉公の信頼を得るとともに、先々、黒田の内政にも影響をおよぼすことになりかねない。そこでわしがもっとも頼りにしている太兵衛に、城井谷を守ってもらいたいと考えている。太兵衛、行ってくれるか」

母里太兵衛に頼み込んでいた。太兵衛に拒む理由は何もない。

「承知しました」

太兵衛は快く承知して、その日のうちに城井谷に赴いた。

じつは毛利吉成が調停して、宇都宮鎮房を城井谷城から出させたのは秀吉の謀略であり、吉成はまったく知らないことであった。

秀吉は主君・織田信長のような裏切者は絶対に許さない気質を持ちつつあった。信長への信頼度が高じて、冷淡な性質まで似てきたのかもしれない。ひょっとすると天下人に近づくと、そのような気質に変ずるものであろうか。

秀吉は一方で、問題解決の方法を教えてもらおうと上京した官兵衛に、

「鎮房はきっと討伐せよ。その方法はお前に任せる」

と、厳命したのである。

宇都宮鎮房は関白秀吉に対して憎しみ募り、

「おのれ猿面冠者め」

鎮房は激怒して、城井谷城を奪回する気になっていた。そしてすぐに一族の野中鎮《のなかしず》兼《かね》をはじめ、九十九谷《つくもだに》・岩石《がんじやく》・障子ケ岳《しようじがだけ》・広畑《ひろはた》・西郷《さいごう》・宇留津・光明寺《こうみようじ》・求菩提《くぼて》・日吉《ひよし》・海老名《えびな》ら一族や鎮房に味方する国侍に声を掛け、城井谷城を取り囲んだ。

城井谷城は、母里太兵衛が守将である。

ところが太兵衛には城の事をまったく知らない欠点があった。城井谷城主であった宇都宮鎮房は城のすべてを熟知している。茅切山《かやきりやま》天然の要害であった。城前は深い川が流れ、両岸には巨岩が屹立しており、猿でも登れないような場所である。国中では石の城と呼んでいる。

勝手知った城のことである。鎮房は三百余人の手勢をもって城井谷城に攻め入った。

母里太兵衛の手勢百余人は瞬く間に敗北し、半数くらいは川に墜落して死んでし

まったのである。

太兵衛にとっては生まれてはじめての敗北である。彼は守将として、討死を覚悟していた。

（これが人生の最後になるかもしれない。殿の黒田官兵衛さまのことばかりでなく、義兄の栗山四郎右衛門・後藤又兵衛・井上九郎右衛門などのことが懐かしく思い出されるが、恥ずかしながら去年、結婚した幸のことも忘れられない。再婚とはいえ、いまでは愛おしい女であると思っているし、この戦に負けて、幸と別れるのは何よりつらいわ）

と、床几に腰を掛けて指揮していた太兵衛は、官兵衛との約定どおりに城井谷城を守れなかったことを悔しがっていたが、家族ともこれが最後になるかと太兵衛は珍しく気が滅入っていた。

ちょうどそのとき、官兵衛からの使者が現れた。

「太兵衛死ぬでない。お前がいない世の中なんぞは考えられぬ。まだまだわしと一緒に生きてもらいたい。戦に負けるのを恥と思うな。あの関白秀吉公ですら、天正十二年の四月小牧・長久手において、徳川家康どのに手痛い敗北を喫している。それを二年後の冬には家康どのを臣下に加えた。それこそが真の勝利だと心得るがよいぞ。城井谷城など物の数ではない。ともかく城など捨てるがよい」

使者が渡した、官兵衛の連綿と綴った手紙を読みながら、官兵衛が如何に自分のことを心に掛けているか、太兵衛は改めて知ることができて涙で頬を濡らしていた。

その夜のことである。母里太兵衛と数十人の手兵は夜陰に乗じて、城井谷城を脱出した。いわば城は蛻《もぬけ》の殻《から》である。

宇都宮鎮房は易々と居城へ戻ったのであった。

「黒田官兵衛は天下の謀将という評判だ。それに守臣の母里太兵衛も剛直な武士だと聞いておったが、世間の評判ほど、当てにならぬものはないわ」

鎮房は、片頬に薄笑いを浮かべて言った。

その一方で、かつて太兵衛が一度も見たことのないような、主君官兵衛が残忍な策謀を実行しようとしていたのである。

官兵衛は城井谷城の近くに向城《むかいじよう》を築き、城井谷への食糧路を断つ作戦に切り替えた。つまり兵糧攻めである。

こうしておいて鎮房に味方する部将を次々と攻めて、宇都宮の勢力を弱めていった。そして城井谷城に和議の使者を送り、

「わが嫡男・長政に貴殿の娘御・鶴姫を嫁に迎えるとともに、貴殿の本領を安堵する」

と、官兵衛は和議の条件を出すと、鎮房は本領を安堵すると言った官兵衛の言葉を信じて、和議に応じたのである。

鎮房は和議を祝して嫡男・朝房を人質として差し出したところ、官兵衛はその朝房を伴って肥後の一揆平定へ赴いた。

もちろん、太兵衛も肥後に連れて行っている。中津城に残留したのは太兵衛の実の弟である、野村太郎兵衛《のむらたろうべえ》であった。

母里太兵衛が肥後へ出発するとき、太郎兵衛がそっと耳打ちした。

「兄者、こたびは官兵衛さまから特別に指令を受けている。それは宇都宮鎮房を必ず誅殺せよ、とのことでした。如何なものであろうか」

「主君官兵衛さまより命令があったこと、絶対に仕損じないようにいたせ」

官兵衛は長政に鶴姫を娶る約束で、宇都宮鎮房と和議をしているはずである。それなのに弟に鎮房を殺させるとは一寸、おかしいではないかと思ったが、太兵衛は察した。

(これは関白秀吉公の命令であるに違いない)

官兵衛は秀吉の命令に対しては忠実に実行する。太兵衛は官兵衛そのものが和議をしながら、相手を殺すとは考えられないことではないかと思ったからである。

官兵衛らが肥後へ出かけた隙に、宇都宮鎮房は天正十六年（一五八八）四月、

「和議をしてから、はじめての挨拶」

と称して、二百余人の家臣とともに中津城を訪れ、黒田長政に会いに来た。

もしかして長政が気を許し、油断していたら中津城を乗っ取ろうと考えていたのかもしれない。帯刀したまま城に入り、長政に近づいて来た鎮房を見ると、和議に応じた態度でなく、官兵衛の留守を狙った賊といった感じであったからである。

「まずは、一献差し上げよう」

長政は知らぬ振りをしてから、表情を和らげて鎮房に酒をすすめた。このとき二十一歳の長政は顔色も変えなかったというから、流石に父親ゆずりの策士であった。

長政が盃を鎮房を渡すと、鎮房はそれを左手で受け、右手は刀の柄に置いたままである。まさにいつでも闘争に入れる態勢であった。そのとき、かねて打ち合わせていたのであろう、隣りの座敷に向かって長政が、

「肴を持て」

と声を掛け、さらに、

「太郎兵衛、肴」

長政が一声高く叫んだところ、太郎兵衛が、はいと答えて三方を持って座敷に入

り、持った三方を鎮房に投げつけると、抜刀して鎮房の左の額から眼の下まで切りつけた。

それを合図のように長政が、左の肩より両乳まで切り下げると、六尺豊の巨体は、横倒しに倒れてしまった。

鎮房はかねてより力自慢をしていたが、野村太郎兵衛と黒田長政に斬られて、無念の言葉を残して事切れたのである。

長政は城内にいた鎮房の家臣を閉じ込め、残りは近くの合元寺《ごうがんじ》に入り、城井谷城に逃げる算段をしているところを、長政の家臣団に取り囲まれて、皆殺しにされてしまった。

後日譚《ごじつたん》。このときの鮮血が、合元寺（現・大分県中津市寺町二丁目）の白壁を赤く染めてしまった。寺で何回塗り直しても血の色が滲み出るので、ついに壁を赤く塗り替えたという。その後、城井谷城は焼き払われ、鎮房の父・長房は捕らえられて斬殺。この宇都宮一族が誅殺されたことが官兵衛に知らされると、官兵衛は加藤清正の家士に朝房の泊まっていた旅籠《はたご》を襲撃させて、朝房を自殺に追い込んだのである。

「なぜこれほどまで、宇都宮氏を甚振《いたぶ》ったのでしょうか。少し、残忍過ぎるのではありませぬか。朝房は殿に協力している者、それまで殺すことはなかったと思いますが

「……」

　母里太兵衛はある日、主人の黒田官兵衛にたずねてみた。

「お前が言うとおり、残忍過ぎたことは認める。第一、これは関白秀吉公の至上命令であった。宇都宮鎮房は、九州攻めのとき仮病で参戦せず、息子の朝房に少しの手勢をつけて参戦させた。殿下はその功を愛でて、伊予の今治で十二万石を与えようと朱印状を手渡したが、鎮房はこれを突き返し、豊前の本領を要求した。鎌倉時代の名族であっても、時代錯誤も甚だしいもの。如何に尾張国中村在の農民出身であろうとも、秀吉公は関白殿下、これは天下人と同じ人物じゃ。このお人を下に見て蔑ろにするのは、不遜としか言いようがない。秀吉公の威光を保つためにやったことだ。また第二は、わしの内政にかかわることであった。秀吉公から与えられた豊前国の国主になりながら、宇都宮鎮房を主とする二十二余人の国侍たちに一揆を起こされ難渋をいたしていた。それには、主謀の宇都宮を消滅させるしか方法がないと考えたからである。それに、わしのすべてが本意でなかったことに、今年をもって家督を長政に譲って、隠居したいと考えている」

「そこまで考えることではないのでしょうが、殿が関白秀吉公の威光を保つために宇都宮氏を滅ぼしたということは理解できるような気がします。とにもかくにも、殿が隠居するのには大反対でありまする」

この年、官兵衛は四十四歳。まだまだ隠居するような年ではない。官兵衛は律儀なところがある。宇都宮一族を根絶やしにしてしまった責任を感じ、関白秀吉に隠居を申し出た。天正十七年（一五八九）のことである。

「関白殿下、私事で申し訳ありませぬが、最近、病弱になりとても長生きできそうにもありませぬ。そこで存命中に愚息・吉兵衛長政に領地を譲りたいと存じまする。勿論、吉兵衛長政の身上は引き受け、拝領の領地と家臣たちともども後見いたし、御上《おかみ》のお心を煩《わずら》わすようなことはありませんので、よろしくお願い申し上げます」

「なにっ、隠居するというか。まだ五十年には間があるというのに何を言うか。躬《み》は許さぬぞ。官兵衛は、北政所《きたのまんどころ》にもお気に入りなので相談してみるわ」

関白秀吉は戸惑いを見せて、官兵衛のことがお気に入りである本妻のお禰《ね》に訊いてみることにした。

この時代、人生僅《わず》か五十年という言葉が流行るほど短命であったので、秀吉はそのため五十年と言ったのである。

「領地を吉兵衛長政に譲ることはお許しになり、いまだ五十に満たないのに楽隠居は如何なものでしょうか、まだ、わらわも官兵衛どののお顔を見たいので、殿下の左右に侍らせてくださいませ」

　秀吉が北政所に問い掛けると、北政所はこのように答えた。

「領地を長政に譲るのは許すが、そなたの才覚を惜しんでいるので、隠居しないで躬に仕えて欲しい。これは北政所の願いでもある」

　秀吉が懇願する形で言い付けた。しかし秀吉は、官兵衛が城井谷事件で一族を根絶やしにした責任を感じ、隠居すると言いだしたことを知らない。

「しからば家督を譲った証として、如水《じょすい》と名乗らせてくださいい。だが隠居はいたしませぬ」

　官兵衛は勘解由の官職を捨てることはなかった。隠居しないということは母里太兵衛の念願も叶ったことになり、いましばらくは、官兵衛と一緒に仕事が出来ると喜んでいた。

小田原征伐

一

天正十八年（一五九〇）三月、関白秀吉は小田原城の北条氏政《ほうじょううじまさ》・氏直《うじなお》父子を征伐するために京都を出発した。

黒田如水は去年、家督は黒田長政に譲ったものの、秀吉軍帷幕《いばく》の参謀として、この戦いにも参戦することになっていたのである。

「母里太兵衛も供をいたせ」

官兵衛から名指しで、手勢四百余人の一人として参戦したのであった。

太兵衛とて、長政とともに豊前中津城の留守をするのが嫌で、勇んで官兵衛に従ったのである。

新婦の幸が別れの夜に、はげしく求めてきたので、太兵衛が汗を流して応じた後、

「幸、留守を頼む」

太兵衛が寝返りを打ちながら幸に向かって言った。すると幸は、

「乱世とはいえ、戦に送り出す妻の気持ちが暗くなると知りました。棺桶《かんおけ》を背負いながら、旦那さまのお帰りを待っている妻の気持ちなど旦那さまには分からないでしょうね。贅沢《ぜいたく》な土産など要りませぬゆえ、太兵衛さま無事でお帰りになるのをお待ちしています。それにしても、旦那さまは如水さまがお好きなようですね。こたびも如水さまに名指しされますと、私と一緒にいる時より、活き活きとして嬉しそうにしておられましたわ。中津城で留守に回れば、あまり心配もしないですみますのに、如水さまも殺生なお方ですこと」

幸が睨み付けるようにして太兵衛を見ると、

「男性と女性の好きは同一ではないが、好きな男性を主君に持たなければ命など賭けられないだろうし、女性は第一、子孫を残してくれる宝物、それに男性に愉悦《ゆえつ》を与えたうえに、勇気を奮い立たせてくれる貴重なものである。だから両性の存在に、優劣はつけられないものじゃ」

太兵衛はこう答えて幸の肩を抱くと、幸は再びしがみついて来た。

幸は、はじめて太兵衛に抱かれたとき、これで夫婦の絆ができるものかという疑問

が生じたものだが、毎日のように抱かれて快感を与えられると、太兵衛が代えがたい貴重な存在になっていくのであった。いまも、それを実感している。

「幸はしあわせでございます。一生、離さないでください……」

愉悦の中で幸は、それだけ言葉にするのが精一杯であった。

次の朝、太兵衛夫婦は離ればなれとなり、太兵衛は官兵衛に伴われて小田原に向かった。

太兵衛らが征伐しようとしている北条氏政・氏直父子は、始祖・北条早雲《そううん》以来、五代の威徳を積んで領民もすすんで服従するようになっている、関東八か国二百五十万石の大々名であり、難攻不落の小田原城を拠《よりどころ》として、後には箱根の天険《てんけん》が控えている。

当代は五代氏直であり、天正八年（一五八〇）十九歳のときに家督を継いだものの、兵馬《へいば》の権《けん》は前代の氏政が握っている。

氏政は今年、五十三歳であり、内外に暗愚《あんぐ》の評判が立つ武将であった。氏直は今年二十九歳になり、嫁は徳川家康の次娘・督姫《とくひめ》であった。天正十年、氏直が甲斐・信濃の争奪戦をしたとき、和睦条件として、督姫を氏直の妻にしている。氏直は父のように暗愚ではなかったが、身体が弱いのが玉に瑕《きず》であった。

秀吉は天正十六年四月に聚楽第《じゆらくだい》（秀吉の京都御所近くに建てた豪華な邸宅）に後陽成《ごようぜい》天皇の行幸《ぎようこう》を仰《あお》ぎ、諸侯を集めて皇室に忠節を尽くし、関白の命令には、絶対服従を誓わせていた。このとき北条家は出席していない。

関白秀吉は、氏政・氏直父子に上洛して後陽成天皇に拝謁《はいえつ》し挨拶をせよと、関白の立場から忠告した。しかし氏政は、

「田舎者あがりの、しかも猿面の関白が言うことなど、聞くにおよばないわ」

氏政は、秀吉の人柄を軽視して放置した。しかし氏政の弟・氏規《うじのり》が氏政の代理として上洛し、秀吉に当主などが上洛しないことを陳謝してから言った。

「上野国《こうずけ》沼田領は、徳川家康どのから北条に渡すべきところ。ところが前の領主で、いまは徳川家の被官《ひかん》となっている真田昌幸《さなだまさゆき》が、北条家に渡していないので難渋しております。もし関白殿下のご威光をもって、昌幸に沼田領を北条家へ渡すようにして貰えたら、殿下のお下知どおり、氏政は上洛して天皇に拝謁いたすでしょう」

氏規は識者のうえに、北条家随一の賢者でもあった。あらゆる交渉事も一手に引き受けていた。

氏規の言い訳は一方的であり、北条家を擁護するものであるとして北条を攻めようと諸将たちは囃《はや》し立てたが、秀吉は彼らを制して言った。

「おのおの待たれよ。真田昌幸に沼田領を返還させ、それから天皇に拝謁するように促しても遅くはあるまい。もし、そのときにも氏政が上洛しないときは、それこそが北条征伐の理由となる」

関白秀吉は一年間と期限つきであったが、昌幸に沼田領を北条家に返還させる。しかし氏政・氏直父子は上洛することがなかった。そこで秀吉は、北条征伐を決定したのである。

秀吉は後陽成天皇から北条征伐の勅許《ちょっきょ》を受けて、約二十二万人の軍勢を率いて東下《とうか》している。一方、黒田官兵衛・母里太兵衛らは、天正十八年三月二十八日、伊豆の三島に到着していた。もちろん秀吉に従っていたのである。北条方は約三万五千人で対峙していた。

二

北条方は、韮山《にらやま》・足柄《あしがら》・山中《やまなか》は街道筋の攻め口に当たるので、特に厳重に守っていたが、主力は小田原城であった。

この城の構えはじつに広大である。西は松山嶽をはじめとする山岳に囲まれていた。

この山間に三重の濠を掘り、西方の丘を城中に取り込み、芦ノ湖から流れている早川を浜辺まで流して、その周辺には人力では崩しようのないほど頑強な石垣を築いていた。東北は沼田へと繋がり、五里（約二十キロ）におよぶ築地を築いていた。城の四方には、高い井楼《せいろう》（偵察用の櫓《やぐら》）と矢倉《やくら》（鉄砲の弾などの保管蔵）を建ててあり、塀には逆茂木《さかもぎ》（いばらの柵）を取り付けていた。これだけでも難攻の城であるのに、夜、昼となく城兵六百余人が交代で警固にあたり、豊臣方は近づくのも容易でなかった。

そして韮山城には北条氏規（氏政の父・氏康《うじやす》の四男）、足柄城には北条氏忠（氏康の五男）、山中城は北条氏勝《うじかつ》（北条の一族）が守将となり、守備を堅くしていたのである。

山中城は、秀吉の甥である近江八幡山城主・羽柴秀次《ひでつぐ》が、約五万人を率いて攻撃、竹浦城は徳川家康が三万の軍勢で攻め、韮山城は織田信長の子信雄が約四万人でこれに当たる。

三月二十九日、羽柴秀次は、近江国水口《みなくち》城主・中村一氏《なかむらかずうじ》を先鋒にして、山中城を攻めさせたが、城兵がはげしく抵抗して銃弾を浴びせるので、容易に進むことができない。

だが一氏が奮戦して守将の北条氏勝を逃亡させ、副将の間宮康俊《まみややすとし》を殺害して山中を落城させた。

しかし、美濃国軽海西《かるみにし》城主・一柳直末《ひとつやなぎなおすえ》が敵陣に深入りしすぎて、山中城兵の放った銃弾に当たって戦死した。直末は黒田如水の妹婿である。直末の戦死のことについては『関東古戦録』という古書に書いている。

岱崎《たいざき》という搦手より一柳伊豆守直末と弟四郎右衛門直盛《なおもり》が山中城へ攻め上り、一番に壁へ登ったところへ、城兵がすかさず鉄砲で撃ったので、直末はこの弾に当たって即死した。

まず黒田如水に知らされたので、このことを秀吉に報告した。たまたま食事をしていた秀吉は、食事を噴き出して「小田原の城にも換えがたい可惜《あたら》人物を死なせてしまった」と落涙したという。如水は直末の忘れ形見・松寿《まつじゅ》（一歳）を引き取り、成長ののち養子にして黒田姓を与えたという話が残っている。

山中城の陥落と同時に織田信雄が韮山城の一廓を破り、徳川家康も足柄城のほか二城を陥落させ、氏政・氏直父子が頼りにしていた箱根の天険は、一日で失うことになったのであった。

三

ここに、面白い逸話がある。

箱根を抜いた関白秀吉は、小田原城の西南に当たる箱根山の一角を占領し、一夜のうちに一万余人をもってつくった石垣《いしがき》がある。その壁は紙で作られたものであり、人よんで「石垣山の一夜城」というものである。

これを見た小田原城の連中は肝をつぶし、

「秀吉という男は、天狗か神か」

驚愕する者が、多かったという。

天正十八年正月、小田原城において北条方の諸将が集まって軍議を催した。武蔵国鉢形《はちがた》城主・北条氏邦《うじくに》（氏政の弟・氏康の三男）は、軍勢を駿河国に進めて富士川を挟み、勝敗を決するべきだ、と意見を述べたが、宿老の松田《まつだ》尾張守《おわりのかみ》憲秀《のりひで》が反対し、山中・韮山を前衛となし、箱根・足柄の天険を利用し、領内の諸城を堅守して、本城・小田原に籠城して戦えば、必ず豊臣軍に勝つと言っている。

しかし、これは数日におよんだ。

この会議は、のちに小田原評定と呼ばれて、結論づけができなかったり、長くかかる会議の例となった。

　ともかく憲秀の意見が採用されて、籠城戦となる。しかし憲秀には二心があって北条家に叛いて秀吉に味方していたのである。

「小田原城の西南の角に石垣山があります。この山は険阻《けんそ》で、なかなかの要害であります。ここを陣営にするのも結構ですが、何より小田原城を一望できる場所であります」

　憲秀は、僧侶を遣って丁重に申し入れた。秀吉は喜び高価な土産まで持たせている。そして、小田原征伐の第一の功労者は、松田であると言っていたという。

　石垣山の山頂から小田原城を見下ろしてみると、城内の一挙一動《いっきょいちどう》がことごとく見えるのであった。あるとき秀吉は、家康を誘い出して山頂に登って言った。

「見られるがよい。関八州は、いま、まさにわが手中にありまする。われはこれを収めて貴殿に進呈しようと考えている。貴殿は小田原の古城を居城にされるか、どうかでござる」

「それがしは、小田原の城に住みたいと存ずる」

　家康が答えた。すると秀吉は首を振り、

「これより二十里（約八十キロ）離れたところに、形勝《けいしょう》の地《ち》があり申す。その名は江戸と言いまする。河が多くあり、海を前にした肥沃《ひよく》な土地を有するところでござる。この地こそ、遙かに小田原より勝れている。家康どの、ここを居城と定めたまえ」

と言うと、徳川家康が頷いた。

この話が後世に、豊臣秀吉と徳川家康の連れ小便の伝説として伝わっている。

しかしながら小田原城はなかなか陥落しない。そこで秀吉は筑前・筑後の国主であり、いまは尾張国清洲城を守らせている小早川隆景を招いて訊ねた。

「十重二十重に城を囲んでも、小田原城はとても落ちそうでもない」

「わが父・毛利元就が尼子義久《あまごよしひさ》の富田《とだ》城を包囲したとき、直接に攻略するのを止め、持久戦に転じ、城内の君臣を離間《りかん》して、ついに義久を降伏させています。いま、小田原城の形勢を窺うに、持久戦の方策を採るのが適当かと存ずる」

隆景が忌憚《きたん》のない意見を述べたので、秀吉は隆景の策をとって、ただちに休戦の命令を出した。

秀吉は伏見より側室・淀殿を呼び寄せ、諸将にも妻や側室を小田原に呼び寄せて、普段の生活をするように勧めている。

そして秀吉は、京都から千利休《せんのりきゅう》（茶道）、本阿弥光悦《ほんあみこうえつ》（書家）、幸若太夫《こうわかたゆう》（幸若舞）などの文化人や芸人を呼んでいるから、休戦中に遊興に耽ったことも確かであろう。

そのうえ毎日、酒宴を設けて、徳川家康や織田信雄ら諸将を招いて、どんちゃん騒ぎを行っている。『北条五代記』によれば、

「往還《おうかん》の道は、馬の足音、物《もの》の具《ぐ》の音が十二時中（一日中・干支《えと》時刻）、止むことはなかった。兵糧米を輸送するため、西海の大船や小舟は、幾千艘と数しれないくらいである。それゆえに豊臣方の陣中は豊かである。東西南北の小径をつくり、大名衆の陣がまえでも、広大な屋形をつくって書院や数寄屋《すきや》（茶室）まで建て、庭には草花を植えていた。さらに陣屋には瓜・茄子《なす》などを植え付けていた。町人を呼んで小屋を建てさせ、諸国の津々浦々から名物を持ってこさせて、これを売買市をなしていた。ある者は見世物小屋を構え、唐《から》・高麗《こうらい》の珍物、京・堺の絹物を売る者まで現れた。ある者は五穀・塩物・干物《ひもの》を積み重ね、ある者は生魚を積み重ね、何も売買をしないものはなかった。京や田舎から遊女が集まり小屋をかけおき、色めいていた。そのほか街道の傍らには茶屋も旅籠もあって、陣中、困ることは何一つなかった」とある。おそらく小都市の形態をなしていたに違いない。

秀吉は百日におよぶ休戦中に、石田三成ら侍臣《じしん》を連れて石垣山の山頂へ登り、微笑みながら言った。

「この眼下には約二十二万の大軍が小田原城を包囲している。いまの世で、この大軍

を自由に動かせるのはわし以外にいないであろうと思うが、もう一人いた。それは黒田勘解由である。彼には、母里太兵衛のような賢臣がついている」

秀吉は黒田如水を配下に加えている。だが、母里太兵衛を石田三成・大谷吉継のように頼り甲斐のある直臣にすることを願っていた。

秀吉は自分の侍臣以上に太兵衛のことを欲しがっていたのである。

一方では、黒田官兵衛が絶対に手放さないことも分かっていた。

もし、母里太兵衛が豊臣秀吉の直臣になっていたら、後世、石田三成や大谷吉継のような有名人になっていたのである。

それを知っていながら黒田官兵衛は手放さなかったし、太兵衛自身も、さらさら秀吉の直臣になる気はなかったのである。

豊臣秀吉は百余日すぎても、北条氏政ら守備が堅固であったので、少し焦りはじめていた。そこで備前国主・宇喜多秀家に命じて、知合いの武蔵国岩槻《いわつき》城主・北条氏房《うじふさ》（氏政の三男・太田氏房とも）の陣営に行かせて南部酒と生鯛を贈り、籠城の慰問をさせた。

氏房は返礼として江川酒を贈る。そのとき、秀家は使者を遣わしてもし降参したならば、伊豆・相模・武蔵の三か国を安堵すると伝えた。氏房が父氏政に告げると、氏

政は一蹴して、

「馬鹿者、お前は太田家の養子に入ってから、頭がおかしくなったのではないか」

鼻先で嗤《わら》われてしまったのである。

そののちも石田三成らを使って八方手を尽くしてみたが埒が明かない。

そこで秀吉は、かねて内応していた北条家の宿老・松田憲秀と謀り、彼の受け持っている攻め口より、密かに越前国北ノ庄《きたのしょう》城主・堀秀政《ほりひでまさ》の軍勢を忍び込ませる手筈になっていた。

松田憲秀が六月八日、伊豆戸倉城主・笠原政堯《かさはらまさたか》（憲秀の長男・笠原氏の養子）、次男の小田原衆・松田左馬助直憲《なおのり》、三男の小田原衆・松田源次郎の親子が揃って、秀吉へ内応する談義を行った。憲秀が秀吉に従い、子孫を繁栄させると子供たちに宣言する。

六月十四日、娘婿の内藤左近大夫や弟の松田肥後守にも内応を知らせて、いざ実行に移そうと思ったところへ、かねて氏政の寵愛をうけていた左馬助直憲が、父の謀反を教えたので、直憲は北条氏直に捕らえられた。翌月、北条氏滅亡後、秀吉の命によって殺害されている。裏切者は、たびたび、裏切ると思ってのことだったのだろうか。

憲秀が氏直に捕らえられた段階で、万策尽きたと思っていたところ、

「殿下、それがしが、北条氏政に降伏を勧めてみましょうか」

黒田如水が申し出たので、秀吉は大いに喜び如水に一任したのである。

黒田官兵衛は天正十七年五月、嫡子長政に家督をゆずり、如水軒と号したと考えたい。

如水は、家臣の母里太兵衛に命じて、北条氏政が大事に思っている三男・氏房を口説き落として、氏政に降伏を勧める段取りを取った。

まず、太兵衛は矢文を氏房の陣地に打ち込んで和睦を勧めた。

また、五月二十日に陥落し捕らえられている妻子を説得して、氏房を側面からも説得した。すると氏政の反応もあって、黒田如水に会ってもよいと返事がきた。

如水はこの機会に母里太兵衛を本陣へ行かせて、美酒二樽と糠漬《ぬかづけ》の魴《ほう》（まなかつお）十尾を贈って籠城の慰問をさせたのである。

氏政は如水の厚意に感謝して、鉛と火薬を十貫目ずつ贈り、城攻めの役に使って欲しいと言葉を添えた。如水は、その答礼と称して小田原城に赴く。そこには家臣・母里太兵衛を伴っていた。

その主従の服装は簡単なもので、肩衣に袴をはき、身には寸鉄も帯びていなかった。母里太兵衛も同様である。

北条家の主従たちはみんな正装をしていたので如水主従の豪胆さと洒落には驚かされたのであった。

黒田如水は小田原城において氏政・氏直父子に会い、

「北条家目下の状態は、あたかも烈火をもって釜の中の魚を煮るごとく、その運命すでに定まり申した。ゆえに先に申し入れているとおり秀吉公と和睦して、伊豆・相模・武蔵三か国を領有して先祖の祭祀を存続することこそ、北条家百年の大計であろうと存ずる」

如水は懇切の言葉と、誠実の情をもって懇々と、氏政・氏直父子を説得した。すると、流石に頑固な氏政も、如水の心からの説得に折れて、承諾したのである。

如水が豊臣の本陣に帰り秀吉に報告すると、秀吉は大いに喜んで、ただちに三か条の誓約書を認めた。

その三か条とは、第一、伊豆・相模・武蔵の領有は北条氏。第二、証人の交換。第三、氏直の上洛に関することであった。しかしながら、この誓約書は反古同然のものになったのである。

関白秀吉が数か月にわたり攻略した小田原合戦を、黒田如水の機智と雄弁によって短期間で終結することができた。

　もちろん、秀吉や諸将の努力も大である。

　七月五日に氏政は反逆者である前宿老の松田尾張守憲秀を殺し、七月六日には、氏政が北条氏の一門を率いて秀吉の軍門に降った。氏政は如水と降伏条件とは異なることを言い出して、誓約書のすべてを無視したのである。

「それでは約束が違います」

と、言い出したのは、如水・太兵衛だけでなく、敗北した北条氏の連中だった。

　如水などは自分の面子にもかかわることなので、

「殿下は、北条との約定を破るのですか。それがしに一任するという話でしたが……」

　如水はすぐに、関白秀吉にたずねてみた。

「すまぬことであった。これには事情があってのことだ。おぬしだけに話しておくぞ。躬がこの世の中で一番怖いのは徳川家康である。その家康は甲斐・駿河・信濃・遠江・三河の五か国を持っている。もし北条氏直に伊豆・相模・武蔵を与えたならば、氏直と家康は姻戚であり、躬にとっては巨大な敵になってしまう。それを恐れての処置である。それに徳川家康に北条の国々を与えて、いまの五か国を取り上げたいのである。と言うのは家康を、京都から遠ざけたいつもりでもある」

「で、ございましょうが、それがしの約定は、すべて無になりましたな」

如水は秀吉に期待外れであるような顔付きを見せた。

その側に控えていた母里太兵衛は、

(秀吉は関白になってから人を平気で騙すようになっている。むかしは真面目な人であったのに偉くなると、みんなそうなるのであろうか)

母里太兵衛は心から、そう思っていたのである。

北条氏直は秀吉が北条一族をすべて処分することが分かったので、

「わが身は切腹するから、氏政以下の城兵の命は助けていただきたい」

七月五日、氏直は氏政の意向を確認してから城を出て、秀吉の軍門に降った。

氏直は家康の娘婿である。

秀吉は家康への遠慮もあって氏規・氏勝ら数十人とともに高野山へ追放した。

翌天正十九年、秀吉から一万石が与えられていたが十一月に病死した。督姫は、秀吉が三河国吉田城主(のち姫路城主になる)・池田輝政《てるまさ》と再婚させている。

特に切腹を命ぜられたのは七月十一日、北条氏政と北条氏照であった。

これで小田原征伐は終わったわけであるが、黒田如水と母里太兵衛は秀吉が嫌いになり、代わりに徳川家康が稀代の英傑と思えるようになっていた。

　それは如水と太兵衛が氏政説得の直前に家康に出会い、氏直の処分をたずねたときに、

「戦国の世に生まれた者の宿命、敵を殺すのは止むを得ないにしても、あたら若者である。長生きさせてやりたいものである」

と言った。ここで如水の家康評を紹介しておく。『中興源記《ちゆうこうげんき》』に載っている。

「家康公は頭の頂上より足の爪先まで、弓矢（武門）の金言《きんげん》にて出来た大将なり」

と。それに家康も「西国第一の弓取《ゆみとり》（武士）は、黒田如水である」と評している。互いに相手を敬重《けいちよう》していたのであろう。もしかすると、秀吉没後、如水が家康に加担するようになったのは、この小田原征伐のときに胚胎《はいたい》していたのではなかろうか。

名槍・日本号争奪

一

秀吉が関東・奥羽を平定したのち、京都の聚楽第へ帰ってみると、朝鮮から使節が来ており、天下を統一したことを祝賀した。秀吉はこれを朝鮮の帰服と誤解した。その誤解が生じて朝鮮出兵となる。片や秀吉の名誉欲を満たすためだったと言える。

天正十九年（一五九一）八月ごろに、肥前国《ひぜん》（佐賀）に名護屋《なごや》城を築いた。秀吉が朝鮮出兵の将兵を指揮する大本営である。

縄張《なわばり》（土地の設計）と築城は、黒田如水・長政父子が担当した。秀吉が入城したのは、文禄元年（一五九二）四月下旬のころであった。

そのころ秀吉の旗本の中には、秀吉の権威を笠に着て無道な振る舞いをする者があった。あるときのこと、その旗本の狼藉人が、道路に槍を横たえて、往来する人の邪魔をするので困っていた。

（武士のくせに町人たちの通行の邪魔をするとはとんでもないことである。武士はそんなに偉くない）

太兵衛は秀吉から許されている抜身の槍を数本横にして持ち出して、その道を進むようにしたら狼藉人はそれに恐れをなし、道路をはずして通るようになった。狼藉人たちはそれから以降、槍を横たえて通行することがなかったのである。通行人はこれを聞いて、

「母里太兵衛という人物は、武士では相当の英傑らしいが、人民を大事にする人らしいので、このことは非常な快事である」

太兵衛を誉めそやした。事実、太兵衛は領民あっての領主であると考える人であった。

太閤秀吉は、如水が隠居を申し出ているのにもかかわらず、

「躬《み》の帷幕《いばく》には、黒田官兵衛如水が必要欠くべからざる人物ならば、名護屋に残って躬の軍務を補助して欲しい」

と、如水を名護屋城へ引き留めたのである。

そこで如水は、お気に入りの母里太兵衛を呼んで、頼んだことがある。

「倅の長政は今年二十五歳である。むかしの、わしやそなたの場合、秀吉公の重鎮《じゅうちん》として振る舞ったものだが、長政は甘やかされて育ったせいもあり、こたびの朝鮮出兵は、わしが名護屋に残るので、倅のことが気になって仕方がない。そこで一番頼りにしているそなたに頼むのじゃが、長政が血気に逸って軽挙妄動《けいきょもうどう》するやもしれないので、そなたにしっかりと監視してもらいたい」

と、如水が頭を下げて頼むのであった。英傑の如水も人の親である。長政が幾《いく》つになっても、心のうちでは、赤子や幼児くらいにしか育っていないのであった。

「長政さまは、しっかりしておりますので、ご心配にはおよびません」

太兵衛は答えたが、長政が十一歳のときに具足親をしている。

気持ちは如水と同じであったので、如水の命令だとして、太兵衛は義兄の栗山四郎右衛門をはじめ後藤又兵衛などに、長政の輔翼《ほよく》を頼んだのである。

ときに如水は四十八歳で、太兵衛は三十七歳であった。

長政が朝鮮に引率したのは五千五十人であった。先陣の一の手は、母里太兵衛ら五人であったが、太兵衛は一番多い手兵で二百六十四人を率いていた。

第一軍を命ぜられていた肥後《ひご》国熊本城主・加藤清正、肥後国宇土《うと》城主・小西行長《こにしゆきなが》、肥前佐賀城主・鍋島直茂《なべしまなおしげ》、そして黒田長政は、四月十二日に名護屋の港を出陣して、四月十八日には金海城《きんかいじょう》に到着している。

それから長政軍は、黄海道《こうかいどう》を進んでいたが、

「黒田如水が朝鮮にやって来る」

という知らせが長政に入ったのである。その理由はこうであった。

「総大将の備前岡山城主・宇喜多秀家は、諸将を統督《とうとく》する智力に乏しいゆえ、智力のある黒田如水を相談役に送り込むゆえに、秀家はあらゆる事を如水に相談せよ」

秀吉は如水を朝鮮に渡らせている。じつは秀家は秀吉の寵臣である。秀吉の盟友《めいゆう》で、尾山《おやま》（金沢）城主・前田利家《まえだとしいえ》の娘を養女にして嫁がせ、秀吉の一字を与えたくらいである。のちには、猶子《ゆうし》（家督を相続させない養子）にしている。

（宇喜多どのの母上を側室になおしている秀吉公は、頭がよい如水さまが邪魔になったのかもしれない。だから、朝鮮に追い出したのではないか。そんなことはともかくとして、如水さまが朝鮮に来られるとは嬉しいことである）

如水贔屓の母里太兵衛は手放しで喜んだ。

太兵衛は生涯、如水の側にいたいのである。

長政は父親が会いたがっているだろうと太兵衛と数人を伴い、京城まで来ている如水に会いに行った。

案の定、如水は長政に話しかけるより太兵衛に話すほうが多いし、抱き合わんばかりの喜びようである。

ちょうどそのとき、黄海道を塞いでいる敵が、激しい抵抗をしていると報告が入った。

「名護屋で頼んだとおり、長政を頼むぞ太兵衛」

如水は太兵衛が帰陣するとき、手を堅く握って長政に聞こえぬように言った。やはり親心で、息子のことが気になるのである。

「お任せください。必ずや長政さまをお助けいたします」

太兵衛は如水に喜んでもらおうと、長政を援助することを約束した。

黄海道へ戻った長政らは朝鮮軍があまりにも大軍だったので、黄海道の軍勢は後回しにして平安道に向かった。平安道へ入って一里（約四キロメートル）ばかり行くと嘉《か》山城《ざんじょう》の前面に大河がある。大同江《だいどうこう》という。

黒田長政は同僚である豊後領主・大友義統《おおともよしむね》とともにこの大河を渡り、母里太兵衛ら数人の家臣を率いて、小西行長の陣営の様子を見に行った。

すると、油断していたのか小西陣は朝鮮軍に夜襲を仕掛けられそうになっていた。

そこで長政は数人の家臣たちとともに、小西行長の軍勢を救護しようと戦い挑んだところ、家臣の播州上月城主・黒田次郎兵衛《くろだじろうべえ》と足軽頭・梶原七右衛門《かじわらしちうえもん》を討死させてしまった。天正二十年（一五九二）六月十四日夕方のことである。

長政は家臣を殺されて激怒した。若いので後先のことは考えずに、馬で大河に飛込んで敵を数人斬り倒した。しかし敵もさるもので反撃し、長政の左手の臂《ひじ》から小手にかけて貫くほどの弓矢を射掛けられたのである。

長政は怒り、その敵将格の李応理《りおうり》という男と取っ組み合いの闘いとなった。

李応理は長政の兜の草摺《くさずり》（胴の下に垂らして大腿部を庇護するもの）を鷲掴《わしづか》みにして、長政を河に引きずり込もうとする。

これを見て、旗本衆の渡邊平吉《わたなべへいきち》という者が河に駈け入り、長政を引き揚げたのである。それから、敵味方入り乱れて戦いはじめたのである。

このとき、母里太兵衛をはじめとする、栗山四郎右衛門・井上九郎右衛門・黒田三左衛門・後藤又兵衛・野村太郎兵衛ら黒田如水子飼いの勇士たちは、命を惜しまず防戦に努めていた。

特に太兵衛は槍を用いて、敵二、三人を一度に突き刺したという。

母里太兵衛・黒田三左衛門・後藤又兵衛の三人は、一日交代で先手を勤めていたのであるが、太兵衛は黒熊毛《くろくまげ》の中型水牛脇立兜《ちゅうがたすいぎゅうわきだてかぶと》を着用して獅子奮迅《ししふんじん》の戦いをして、一度も敗北することがなかった。

こたびの戦いも太兵衛らの活躍で、黒田軍を勝利へ導くことになったのである。

豊臣秀吉が、文禄の役を起こしたのは、使節への誤解と名誉欲によるものであった。そして明国《みん》を自分のものにしたいという隠れた望みがあってのことである。だから、信頼する如水などには、

「できれば、朝鮮とは一刻も早く和議を進めるようにいたせ」

と、内意を示していた。

しかし、朝鮮国王・宣祖《せんそ》は講和を頑強に拒んでいる。それもそのはずである。秀吉は、

「朝鮮を足掛かりにして、広大な明国を己のものにしたい」

心づもりでいたのである。

これを知った明皇帝・万暦帝《ばんれきてぃ》は朝鮮に出兵して秀吉軍を追放しようとした。明国軍は強く、下手をすれば惨敗しかねない。そこで秀吉は、明国軍との講和を急がせたのだった。明国との直接交渉である。

最初に和議をしたのは、天正二十年八月三十日のことで会談の主は、小西行長と明の武将・沈惟敬《しんいけい》であった。

会談は紳士的に進み、終始、沈惟敬は低姿勢で、五十日の休戦に応じたのである。

この会談には、六月十四日、黒田長政軍が平壌《へいじょう》を攻撃したことも、大きく影響をおよぼしていた。

去る五月、朝鮮国王・宣祖は当初、平壌城にいる臨津《りんしん》の朝鮮軍が、士気高揚して、頑張っていると聞きおよんで喜んでいたのだが、漢城において都元帥・金命元《きんめいげん》らの敗報を聞くと、急に力を落としてしまい、連れていた王子を逃がしてやり、守将も換えて防備を堅くしていた。

そんなところに黒田長政が六月十三日、母里太兵衛らを連れて平壌攻めに来た。翌六月十四日、太兵衛らが城中に侵入して、当たるを幸い、片っ端から突きまくったのである。

「日本には、こんなに恐ろしい侍がいるものだ」

と言って、朝鮮王は平壌を出て寧辺《ねいへん》に向かい、守備は左議政《さぎせい》・尹斗寿《いんとうじゅ》らに任せていたのである。

六月十五日夜、母里太兵衛らの活躍ぶりを見て、

「あのような日本人が大勢で攻めてこられたら、とても城を守り切れない」

と弱腰になり、守将・尹斗寿や金命元などは平壌城を出て、順安《じゆんあん》方面へ逃れて行ったのである。太兵衛らは立て札を建てて近郷の住民を安心させてから、城に残していた兵糧米十万石余を押収している。

「朝鮮王を逃避させたのは、黒田軍の大きな功績である。だから和議も優位に交渉できる」

小西行長は平壌城を落とした後、黄海道へ向かった黒田長政に、使者を送って感謝の言葉を述べている。これは、母里太兵衛の働きが大きく作用していたのである。

二

沈惟敬は日本を甘く見ていた。

秀吉は朝貢《ちょうこう》だけが欲しいだけだと北京に帰ると報告したのだった。だが、明政府は沈惟敬の言葉に耳を貸さずに、李如松《りじょしょう》を提督にして朝鮮救援の準備を整えていたため、ただちに沈惟敬を平壌へ帰した。

「明国から講和使がすぐにやって来る」

小西行長に対し、沈惟敬は偽りを言わせていた。十一月下旬のことである。

宇喜多秀家・黒田長政・小早川隆景の出兵隊長、石田三成・増田長盛《ましたながもり》・大谷吉継《おおたによしつぐ》の三奉行まで集まってきて、講和の意見交換をしていたのである。ところが李如松の軍勢が文禄二年（一五九三）正月七日に小西行長の陣営を総攻撃をして、正月十八日、行長は平壌から漢城に逃避せざるを得なくなった。

迂闊《うかつ》といえば日本の将官たちは誰一人として、明国の万暦帝《ばんれきてい》・朱翊鈞《しゅよくちょう》が騙しているとは信じなかった。小西行長が漢城へ避難して、はじめて知ったのである。

ところが文禄二年正月二十六日、碧蹄館《へきていかん》の戦いで明国の李如松が敗北したことで、すっかり気弱になって、沈惟敬に再び講和の交渉をさせたのであった。

沈惟敬が京城の小西行長のところへ行くと、前回、沈惟敬が調子のよいことを言って、講和が流れていたこともあり、なかなか承諾しようとしない。

しかし母里太兵衛の進言により、黒田長政が京城へ出かけ、

「講和は、太閤秀吉公の至上命令である。一刻も早く講和すべきである」

と、行長を諌めたので、講和の提案を受けたのである。

このとき小西行長と沈惟敬が交わした講和条件は、大体、次のようなものであった。

一、明国の講和使を日本に派遣すること。

二、明軍を朝鮮より撤退させる。
三、日本軍は京城より撤退すること。
四、加藤清正が逮捕している、朝鮮王の子、臨海君《りんかいくん》と順和君《じゅんわくん》の二王子と従臣を朝鮮に返すこと。
沈惟敬はこれらの条件を呑んで、明国の使節団を日本の太閤のもとへ送り込んだが、これも偽使節であった。

この講和は、狸と狐の化かし合いみたいなものであったが、太閤秀吉は将兵を休息させることだけを目的としていたので、再挙を秘して講和に応じている。

条件は日本に有利にしたものであり、文禄二年六月、仮講和を結んだ。

これに対して明軍も国に帰らずして慶尚《けいしょう》や全羅《ぜんら》などに進軍させていたのである。

だが日本軍も四万余を朝鮮に残留させて、晋州《しんしゅう》城などを攻撃させていた。

まさに狸と狐の化かし合いであり、泥仕合の様相を呈していたのである。黒田長政軍は残留組であった。

この役では、母里太兵衛・黒田如水・黒田三左衛門三人にとって不幸な事件があった。それは可愛い息子を失ったことである。晋州城が落城した翌日のこと、

「子供たちが遭難した」

太兵衛らに報せが入ったのである。如水が朝鮮に残っていたので、母里太兵衛も希望して残留させて貰い、晋州城攻めを手伝っていた。

「何っ、まことか」

太兵衛が使者の胸倉《むなぐら》をつかんで聞き直した。

太兵衛の嫡子・吉太夫《きちだゆう》は十六歳という子供でもあり、第一、後妻の幸を守らせることもあって中津に残していた。

ところが父親に似て、合戦といえば血が騒いだのであろうか、如水の次男・熊之助《くまのすけ》（十六歳）の誘いに乗り、親友の黒田三左衛門の弟・吉松《よしまつ》（十六歳）とともに、

「長政の兄貴も十六歳のとき、賤ヶ嶽合戦で初陣を飾っている。わしも朝鮮で初陣したい」

如水の次男・熊之助が言い出したので、吉太夫と吉松が同調したのであった。如水に寵愛を受けていた連歌師《れんがし》・木山惟久《きやまこれひさ》（入道紹宅《にゅうどうしょうたく》）を伴っていたが、熊之助は紹宅を連れて行き、朝鮮で活躍をしている如水を慰めたい意図があったという。

熊之助・吉太夫・吉松・紹宅の一行が中津より出帆して、玄界灘に差し掛かると暴風に遭遇し、船が転覆して熊之助らは溺死してしまったのである。

数日後、朝鮮の浜辺に打ち上げられた吉太夫の遺体と出会った太兵衛は、

「哀れな姿になりおってからに、吉太夫よ。わしはこんな姿を見るくらいなら、若いお前を家に置いて来たのに……」

涙を流しながら愚痴ってみたが、如水や三左衛門が遺体にも遭えないのを見て、それ以上の言葉を発することもできなかった。

黒田如水には今一つ不運が重なった。それは、太閤秀吉から叱責されたのである。

事の起こりは、こうであった。

太閤秀吉は、明国の使節団と講和の締結はしたものの朝鮮とはしておらず、もし、晋州城など攻めあぐねておれば、日本の恥辱になるとして、まずは晋州城を攻略せよと石田三成・増田長盛・大谷吉継の三奉行を通じて、朝鮮に残留している諸将に伝達させていた。

その三奉行が、如水の旅館を訪ねたとき奥座敷において、如水は若狭国小浜城主・浅野長政《あさのながまさ》と囲碁《いご》をしていた。特に石田三成の権威に誇るのを憎んでいた如水は、三奉行を表座敷で待たせていたのである。三成は、

（太閤殿下の命令を伝達しようとしているのに、囲碁を打つとは無礼なり）

と思っていたが、囲碁は、長引いてなかなか終わらない。そこで三奉行は激怒して、引き揚げてしまったのである。

その後、黒田・浅野の両人は三奉行のもとへ使者を送って面談しようとしたが、三奉行は拒んで如水の旅館に帰ることはなかった。三成らは名護屋に帰り、太閤秀吉に報告した。

すると太閤秀吉は最初のうちは如水たちを庇っていたが、あまりにも三奉行がしつこく処分を要求するので、秀吉は最後に激怒し、如水には登城を差し止めて、自刃するように命じたのだった。

如水は高松城水攻め以来の勲功者である。秀吉が天下人になったのは半分以上、黒田如水の勲功である。それを考えた太閤秀吉は、罪一等を減じて割腹させないことにした。このとき如水は剃髪《ていはつ》して圓清《えんせい》という法号を名乗ったと考えたい。

だが、隠居させられる前に太閤秀吉を大いに批難している。

太閤秀吉は講和後、名護屋在陣の諸将を招き、

「明国の沈惟敬は、すぐに戻ってくると約束して明国へ帰国しているが、いまに至っても和議の返事を持ってきていない。明国の和睦は一時の詐略《さりやく》に違いない。いまのままでは埒が明かない。ゆえに徳川家康どのに日本の政治を委任して、躬自身が外征の総大将となり、前田利家と奥州黒川城主・蒲生氏郷《がもううじさと》を左右の両翼として朝鮮へ渡り、まずは朝鮮を掃討したのち、明国へ討ち入らんと思っている。諸将はただちに出

陣の準備をされるがよい」

このように告げた。ここに一人喜ばない者がいた。徳川家康である。

家康は近くにいた前田利家と蒲生氏郷に囁いた。

「ご両所、殿下に左右の大将に選ばれたことは、まことに武門の面目に叶ったことでござる。この家康も幼少より弓箭《ゆみや》の道《みち》においては、いまだかつて人におくれを取ったことがない。いま老人になったとはいえ、一方の大将くらいはできると存ずる。願わくば諸氏とともに殿下に扈従《こじゅう》して、出兵の一員に加わりたいと存ずるので、ご両所、どうか予を推挙していただきたい」

家康は留守将でなく、実戦に参加したいと言ったのである。

浅野弾正《だんじょう》長政も黒田如水圓清も太閤秀吉の不興を蒙っていたものの当日は参加していたので、長政は家康の方へ膝を進めてにじり寄り、

「太閤殿下には最近、古狐《ふるぎつね》が憑《つ》いているようだから、家康どの、お気になさるな」

家康から太閤秀吉の行動を止めさせようと、浅野長政は思っていたようである。

これを聞き咎めた太閤秀吉は、烈火のごとく怒って佩刀《はいとう》に手を掛け、

「おのれ長政、何ということを言うのだ。この秀吉に古狐が憑いている証拠でもあってのことなのか、その証拠を見せろ。もし何にも出てこなければ、その方の首は、

すっ飛ぶぞ」

いまにも、長政の首を討ち落としかねない勢いであった。すると浅野弾正長政は恐れる様子もなく、毅然として言った。

「この弾正長政の首などは何百刎《は》ねましょうとも、何の支障もありませぬ。いま天下の人民、よくない侵略戦争に巻き込まれて、父を死なせ、兄弟を失い、夫に離れ、妻に別れて嘆き悲しむ者、幾万人ありましょうや。それのみならず兵糧の輸送、軍勢を無理に集め、六十余州が荒野となって、日本のみならず、朝鮮の人民まで塗炭《とたん》の苦しみを味わい、悲嘆の声は天地に満ちている現状でございます。もし殿下が渡海したならば、日本には盗賊や暴徒が諸国に蔓延《まんえん》して、徳川どのが如何に頑張っても、これを鎮めることは出来ないでありましょう。それゆえに、家康どのも殿下に扈従して、渡海したいと言うのでござりまする。むかしの殿下ならば、そのようなことは絶対に言わぬはずなのに、ただいまの言いようはただ事ではなく、古狐が憑いているとしか言いようがありませぬ。それに人捕《と》る亀《かめ》は人に捕《と》られるという諺もありまするが、いま、殿下がなさろうとしているのは、それとそっくりなことをなさろうとしているのです」

「お前は主人を古狐や亀に譬《たとえ》るとは、躬を馬鹿扱いにしての雑言なのか」

弾正長政が亀の諺を出したのは、人を害すれば自分もまた人に害されるという諺を思い出してもらうことであり、太閤秀吉が朝鮮や明国を手に入れようとしても、反対に相手国から、日本を侵略される可能性があることを仄めかしたのである。

古狐と言ったのはずるい人間になっているという意味であった。

秀吉は弾正長政を斬ろうとした。しかし、徳川家康・前田利家・蒲生氏郷が秀吉を押し止め、

「殿下、ここには家臣が大勢おりまする。殿下が、もし弾正長政どのを斬るようなことがあれば、他の家臣らは如何思うでしょう」

家康はこう言いながら、弾正長政を睨み付けて退席させた。

弾正長政は従容と家康の無言の指図に従い、自分の陣営に帰って、太閤秀吉の処分を待っていた。たまたま、肥後の地頭・梅北国兼《うめきたくにかね》が熊本で一揆を起こし、国内が大混乱をきたしているという報せが、太閤秀吉のもとに届いた。

太閤秀吉は、弾正長政を呼び出して、

「この間の件は、家臣が主人に直諫することでもなかろうと思うが、躬のことを案じて言ったことなのだろうから、今回だけは許してやる。それに北政所のお禰《ね》からも手紙によって弾正は姻戚なるゆえ、お手柔らかにと言われているので、これも配慮し

た。躬を二度と古狐や亀にたとえるでないぞ。ところでお前の倅・幸長《よしなが》に梅北騒動を鎮定させようと存ずるので、お前には幸長の留守中、小浜の領地を預けおく。それに家康や利家らの諫言もあって、躬は渡海をしないことになった。お前の直諫《ちょくかん》も考慮に入れてのことだ」

と、言っている。

それでも囲碁問題は許せなかったのか、弾正長政は、太閤秀吉の若いころからの貢献度があり、囲碁も如水の強い勧めであったことや五奉行筆頭などが考慮されて、嫡男・浅野幸長に家督を譲って、武蔵国府中《ふちゅう》において隠居させられたのである。

三

太兵衛は曾我一信《そがかずのぶ》の次男として、弘治二年（一五五六）に生まれている。

曾我一信は播磨国姫路城主・黒田職隆に仕えていた。母は佐々木久連《ひさつれ》の娘・轟《とどろき》であった。佐々木氏は母里姓を名乗り、轟の兄は母里小兵衛《こへえ》と称していた。

黒田官兵衛孝高の生母は、母里氏から出ている。だから官兵衛孝高は、太兵衛のことを母方の親戚と呼んでいたのである。

太兵衛は十三歳ごろに黒田官兵衛に仕えていた。その翌年、官兵衛が栗山善助と義兄弟にしている。太兵衛は二十歳ごろより酒を飲むようになった。

太兵衛は官兵衛より寵愛されるようになり、黒田官兵衛はほとんどが先陣であったが、先手の太兵衛は、官兵衛より貰った馬上杯《ばじょうはい》で出陣のたびに酒を飲むようになっていた。

馬上杯は、ほんらい茶器の一種であり、馬上でお茶を飲むものである。官兵衛は茶好きの太閤秀吉から貰っていたのである。

ところが太兵衛は、この馬上杯を出陣杯《しゅつじんはい》代わりに使っていた。この時代、出陣をするとき、戦勝を祈念するために、祝杯をあげる慣わしがあった。

これとは別に太兵衛は酒が好きになり、仕事のないときには朝から晩まで酒を飲んでいたが、酔ったところを見たことがない。

他人に絡まなく、少々口数が多い程度であった。それほどまでに太兵衛は大酒飲みだった。五臓六腑《ごぞうろっぷ》が人一倍強かったのであろう。

「黒田家の母里太兵衛は大酒飲み」

と、内外ともに知れ渡り、一度飲《の》み競《くら》べをしてみたいという者が現われる始末であった。そのうえ、太兵衛は人々から「フカ」と渾名《あだな》でよばれていたのである。

小田原征伐が終わると、関白秀吉の身辺で顕著な異変が起こる。天正十九年（一五九一）正月、秀吉のもっとも頼りとしていた異父弟であり、大和国郡山城主で大和大納言の豊臣秀長が病死した。秀吉の国政を担った切れ者であった。秀長は生前に淀城を築いている。秀吉の側室・茶々（淀君・淀殿）を住まわせる城であった。

淀殿は秀吉の期待どおりに、鶴松という男児を生んだが、これも天正十九年八月、三歳で夭折《ようせつ》した。

また、秀吉がもっとも信頼していた京都大徳寺の利休木像が問題化するとともに、朝鮮への侵略戦争に反対したので、この年の二月に千利休が、切腹させられている。

「天は、躬を見捨てるつもりなのか」

と、秀吉は嘆いたという。

それで秀吉は、子供のころから人質や養子で盥回《たらいまわ》しにされていた甥の秀次を養子にした。元亀二年（一五七一）ごろには、小谷城主・浅井長政の家臣・宮部《みやべ》継潤《けいじゅん》の人質となり、三、四年後には河内高屋城主・三好康長《みよしやすなが》（笑岩《しょうがん》）の養子になっていた。秀吉が養子にしたのは、天正十九年十二月のことである。

関白職も秀次に譲って、自らは太閤《たいこう》と名乗る。そして兵馬の権など主な権限は、すべて自分が握ったのである。

その秀次も、文禄二年に次男拾丸《ひろいまる》（のちの秀頼《ひでより》）が生まれたことで、関白を秀次に譲ったことを後悔し、秀次の行為に難癖をつけ、高野山に追放して文禄四年七月に自害をさせている。

それより一年前、母里太兵衛が一躍有名になった話がある。

文禄三年ごろ、太兵衛が朝鮮から一時的に帰国していたころであろう。

伏見城内に各部将の屋敷があり、黒田邸は伏見の大亀谷《だいきだに》にあり、福島正則邸は伏見城に近い西側にあったと言う。

正則が秀吉の従兄弟にあたるので、伏見城の近くに住まわせたのかもしれない。

ある日、母里太兵衛が挨拶で黒田長政の名代として福島邸を訪れたとき、正則はたまたま酒を飲んでいた。正則はかなりの酒豪である。

正則は長政とは仲もよかったが互いに酒癖が悪く、あるとき酒の上で大喧嘩をして、長政は水牛の兜、正則は一谷《いちのたに》の兜を交換して仲直りした経緯《いきさつ》があるくらいだった。

それだけに長政は出発前に、

「正則は酒癖が悪いので、勧められても絶対に呑むでないぞ」

長政は、太兵衛に釘をさしていたのである。

「太兵衛、おぬしは黒田家で酒豪の一人らしいので、上がって一杯呑まぬか」

と正則から勧められた。太兵衛は、

「それがしは不調法でありまする。ですから用件も済みましたし、帰らせていただきます」

丁重に頭を下げて遠慮した。

「俺の酒が呑めぬか」

相当に呑んでいたので正則が絡みついた。酒癖の悪い勧め方である。

「この盃で酒を呑み干したら、おぬしの欲しい物を何でもやるわ」

近侍の者に三升《しょう》（約五・四リットル）も入るような大盃を持ってこさせて、呑め呑めと正則は強要する。

正則は癇癪持ちである。あんまり断りつづけて喧嘩になっても主人如水や長政に迷惑がかかる。

それにいつも、戦陣の前に呑んでいる馬上杯の六倍もあるような大盃であったが、太兵衛に酒豪の挑戦心が湧いてきた。

「あの壁に掛けている槍を所望しても構いませぬか」

太兵衛が正則が大事そうに壁に掛けている槍を指差して言った。

「武士に二言はない。何でも欲しい物をやるわ」

正則は眼を真っ赤にして、大見得を切った。

「ならば」

ということで、太兵衛が大盃になみなみと注がれた酒を一気に呑み干すと、正則は、

「見事なり母里太兵衛。もう、一杯」

再び、大盃に酒を勧めた。それも呑み干し、都合三杯を呑んだのである。

太兵衛は三升を一気に呑み干してから、福島正則が賤ヶ嶽合戦の戦功により、羽柴秀吉から貰っていた「日本号の槍」を取ったのである。

この槍は三位《さんみ》の位を持っていた。江戸時代大名のほとんどが従五位くらいであった。

この槍は、正親町《おおぎまち》天皇・足利義昭《あしかがよしあき》・織田信長・豊臣秀吉・福島正則・母里太兵衛と移ったことになる。

穂先二尺六寸（約七十八センチ）には龍の彫刻が施され、七尺五寸二分（約二・三六メートル）の青貝《あおがい》の螺鈿《らでん》の柄《え》がついていた。

無銘だったが大和国金房《かねふさ》の作だと言われている。

酔いが覚めた正則が、えらいことをしたと思って、翌日、母里太兵衛のところへ使

者を走らせ、「日本号の槍」は、賤ヶ嶽合戦直後に秀吉公から褒賞として与えられた大事なものであるから返してくれと懇願するが、武士に二言はないはずだと太兵衛は槍を返すことはしなかった。

後世「呑み取りの槍」と称されるようになり、太兵衛は「黒田武士」の象徴と崇められたり、「黒田節」として謡われるようになっている。

この呑み取り事件は、文禄五年だろうという説があるが、太閤が伏見城を築いたのが文禄三年なので、この年に特定しておきたい。

慶長の役と秀吉薨去《こうきよ》

一

慶長元年（一五九六）九月一日、太閤秀吉は明国使節・楊方亭《ようほうこう》が来朝《らいちよう》して国書を差し出したとき、汝を日本国王に封ずると書かれていたのに激怒し、国書を投げ捨てた。

つまり、明国は日本は朝廷の国だということを認知していなかったのである。「躬《み》が王になれば、朝廷はどのような立場になる」言ったというから、太閤秀吉はよほど皇室崇拝をしており、それが本物であったのかもしれない。

ともあれ二次目の会談は破れて、太閤秀吉は黒田長政・加藤清正ら九州・中国・四国の諸将に帰郷させて再出陣の命令を与えている。だが、小西行長は講和の不調を理由に早めに出陣を命じている。

太閤秀吉は、このごろ賞罰を厳格に実施するようになっていた。太閤秀吉は、あまりに偉くなり過ぎて他の意見が耳に入らなかったのであろうか。千利休・豊臣秀次・徳川家康などは朝鮮出兵に反対をしたという。それを二人まで殺している。

母里太兵衛は、だんだんと太閤秀吉が鬱陶《うっとう》しくなっていた。いまでは、徳川家康が天下人であればよいのにと新たな考えを抱いているのだった。

太兵衛がもっとも尊敬している黒田如水も、小田原征伐までは秀吉が好きだったが次第に秀吉が嫌いになり、反対に徳川家康が好きになっていると太兵衛に洩らしている。彼も同じ考えを持ちはじめていた。

太兵衛の思惑とは別に、慶長の役はどんどんと進められて、太兵衛は黒田長政隊に繰り入れられて渡海した。

総勢は十四万一千余人であったが、黒田長政は、三番隊で約五千三百人を率いていた。

このとき頭を丸めて隠居していた黒田如水も呼び出されて、筑前・筑後等の領主・小早川隆景の養子となった北政所の甥である小早川秀秋《こばやかわひであき》（二十一歳）が慶長の役の総大将に、副将は毛利輝元の甥で養子の毛利秀元《もうりひでもと》（十九歳）であり、ともに年若いので、五十二歳の如水が両将の後見となり、幕僚長《ばくりょうちょう》となった。

他の副将・宇喜多秀家が、文禄の役での失敗者なので、今回の慶長の役は、如水の一人舞台のようなものであった。

（如水さまが幕僚長になられたからには、頑張らなくては……）

母里太兵衛以下、家臣はこぞっての頑張りを誓っていた。

諸将の朝鮮集合が完了したのは、秋に近い慶長二年七月下旬であった。南原城《なんげんじょう》に合流して、全羅《ぜんら》と忠清《ちゅうせい》の二街道を攻略しようという計画であった。

黒田軍は毛利秀元の軍勢とともに全羅道より侵入して、全義館《ぜんぎかん》というところを目指した。九月七日のことである。

先鋒である黒田軍は稷山《しょくざん》付近で明軍と戦った。先手の栗山四郎右衛門・黒田三左衛門らが夜襲を仕掛けたところ、夜明けになると雲霞《うんか》のように明軍が出現していた。これでは戦う術もない。長政の先手は苦戦を強いられるばかりであった。

そこで母里太兵衛が前面に出て、はなばなしく活躍することになる。

太兵衛は敵陣に馬で乗り寄せてから手勢に鉄砲を撃たせた。敵が鉄砲にたじろいだところへ、太兵衛は全面攻撃を命ずる。

この太兵衛の活躍を見ていた、栗山四郎右衛門・後藤又兵衛らが太兵衛に負けてな

るものかとばかり、突きかかって行く。黒田長政も、この様子に勇気を出して、全軍に戦うことを命ずる。このとき長政は、

（母里太兵衛という男は、戦うために生まれて来たのか。それも神が庇護しているのか、先手を引き受けているが怪我一つしていない。これは父如水と、まったく同じである）

長政は、あまりにも如水と太兵衛が似ているので驚いていた。

反面、太兵衛は口さえ悪くなければ、良い男なのにと思っていたのだった。

ともかく黒田軍の働きで、敵の副総兵《ふくそうへい》（副将軍）・解生《かいせい》は敗北しそうになった。そこへ参将の楊登山《ようとうさん》と遊撃隊長・牛伯英《ぎゅうはくえい》が加勢に入って、解生・登山・伯英の三将は共同して、黒田軍ともみ合いになったのである。

このとき母里太兵衛ら先手の者は、少しも恐れずに対戦した。東にうち西につき、左にめぐり西に感じるくらい、太兵衛は「日本号」の槍を使って獅子奮迅の戦いをしたのだが、味方の損害も多かったので、長政は自陣に引き揚げを命じたが、敵が追撃する。

そこで長政が追撃を避けているときに、毛利秀元の軍勢も加担したため、敵の三将は部下を集めて引き揚げて行った。

このとき、先手の屈強な将兵が二十九人も討死した。怒った長政が母里太兵衛ら一千余人を引き連れて、敵の陣所の裏側から回り、多数の敵兵を討ち取った。長政自身も太兵衛の手伝いを得て、敵将格を二人を討ち取っている。

その後、三日過ぎてから解生から再三使者を送り込んで、白鷹《しらたか》を贈って和議を申し出ている。太閤秀吉は名護屋城でこの戦功を聞いて喜び、

「その陣に、母里太兵衛はおったか」

と訊ねたという。やはり秀吉は、太閤になっても太兵衛のことは忘れていなかった。もちろん長政には褒美を贈り届けている。

秀吉は女好きである。

むかしから英雄色を好むというが、秀吉の回りの女たちは、正室お禰《ね》（北政所・ねねとも言う）のほか、二十人くらいの側室がいたようである。

名の知れた側室だけで、淀殿《よどどの》（父・小谷城主・浅井長政、お茶々《ちゃちゃ》）、摩阿《まあ》（父・前田《まえだ》利《とし》家《いえ》）、松丸殿《まつまるどの》（父・前小谷城主・浅井《あさい》久政《ひさまさ》、亡夫・若狭守護・武田《たけだ》元明《もとあき》）、三《さん》の丸殿《まるどの》（父・織田信長）、三条殿《さんじょうどの》（父・近江日野城主・蒲生《がもう》賢秀《かたひで》）、姫路殿（父・伊勢安濃津《あのつ》城主・織田信《のぶ》包《かね》）、広沢局（父・肥前垣添城主・名護屋《なごや》経勝《つねかつ》）、月桂院（父・下野喜連川《きつれがわ》城主・喜連川頼《より》純《ずみ》）、甲斐姫（父・武蔵忍城主・成田《なりた》氏長《うじなが》）、南の局（父・鳥取城主・山名《やまな》豊国《とよくに》）、お種の方

（地侍・高田次郎右衛門）、南殿《みなみどの》（父・不詳）、備前殿《びぜんどの》（父・三浦能登守《みうらのとのかみ》、宇喜多秀家の母、前夫・備前沼《ぬま》城主・宇喜多直家《なおいえ》）のほかにも、側室があったという。

中でも秀吉は、淀殿をこよなく愛していた。

それは青年になりたてのころに、織田信長の妹お市に惚れ込んでいた。お禰と結婚する前であったか、後であったかよく分からない。

お市は小谷城主・浅井長政の正室となる。

秀吉は諦めるしかなかったが、天正元年（一五七三）浅井長政が義兄・織田信長に攻略されて自害して以来、お市の方（小谷《おだに》の方）はお茶々・お初《はつ》（のち京極高次の妻）・お江《ごう》（小督《おごう》・のち徳川秀忠の妻）の三人娘を抱えて、兄・信長に擁護された。

のちに信長の弟・伊勢上野城主・織田信包に母娘とも世話を受けたらしいが、詳細は不明である。

天正十年（一五八二）の本能寺の変直後、お市の方は、北ノ庄城主・柴田勝家の妻となる。そして天正十一年、賤ヶ嶽合戦で勝家が敗北して自刃するとき、小谷の方も一緒に自害した。それは秀吉を嫌ってのことだったと言われている。

おそらく秀吉は、小谷の方を側室に望んだにちがいない。

小谷の方は気位の高い女性である。

小者上がりで、猿に似た面相の秀吉を好きにはなれなかったようである。それとも、夫・浅井長政や柴田勝家を滅ぼした男の側室になるのが耐えられなかったのであろう。

秀吉はお茶々が十八歳ごろになったときに、側室に直している。

お茶々は、推定だが永禄十二年（一五六九）ごろに生まれている。

乱世の世では、側室を持つのは男の甲斐性《かいしょう》という考え方があった。戦国の傑物・織田信長、徳川家康も、かなりの側室を有していた。だが母里太兵衛のように継室・幸をもったとしても、ただ一人の女性で過ごしている。しかも主人の如水・長政（再嫁）も、一人の妻で生涯を過ごしていた。太兵衛もこれを見習っていたと言ってよい。

ところで、太兵衛らが朝鮮に渡って明国・朝鮮の兵と死闘を重ねているというのに、太閤秀吉は慶長三年（一五九八）三月十五日、京都の醍醐寺《だいごじ》において、北政所・淀殿らを集め、大々的な花見を催している。

この花見は日本軍が朝鮮に渡り、各所において奮戦している最中に、太閤秀吉は二度も醍醐寺を訪れて準備をさせているので、在朝鮮の将兵が知ったならば、

（太閤秀吉公は、何を考えている）

である。片や命を掛けて戦っているというのに、太閤秀吉は、周囲の女性の関心を得るために桜の花見に現《うつつ》を抜かすのである。五重塔《ごじゅうのとう》を修理、寝殿三宝院《しんでんさんぽういん》の新築、名石「藤戸石《ふじといし》」を聚楽第から運び込むぐらいのことなどは許せる。

しかし参加させる女性千三百余人に二度の「色直し」のために着物、そのほか髪飾り・帯・小袖を三度も換えさせようと薩摩の島津家に命じて作らせたというから、太閤秀吉は正気を失っていたとしか考えようがない。

大隅守護・島津義弘《しまづよしひろ》などは巨済島《きょさいとう》で苦戦を強いられていたのであった。

醍醐の花見は、後世に名を残すくらいに豪華絢爛《ごうかけんらん》であったが、半年後の慶長三年八月十八日、太閤・豊臣秀吉は薨去《こうきょ》する。朝鮮に渡海していた将兵から言わせると、「醍醐の花見の罰があたったのか、それとも無垢な朝鮮の人を大勢死なせた、怨恨のせいなのか」

ということであった。

いずれにしても、秀吉の栄達も人民の怨嗟《えんさ》の声で色褪《いろあ》せてしまったのである。

太閤秀吉は臨終の床に五大老（徳川家康・前田利家・上杉景勝・宇喜多秀家・毛利輝元）、五奉行（石田三成・浅野長政・増田長盛・長束正家・前田玄以）を呼んで、豊臣秀頼《ひでより》を擁護するよう頼んだ。

八月五日、太閤秀吉は五大老宛にこんな手紙を書いていた。五人の衆《しゅう》とは五大老のことで、五人の物《もの》とは五奉行のことである。

――返々《かえすがえす》も秀《ひで》より事たのみ申候《もうしそうろう》。五人のしゅたのみ申候。いさい五人の物に申わたし候。なこりおしく候。以上。

秀より事なりたつ候ように、此《この》かきつけ候しゅとして、たのみ候。なに事も此ほかにおもひのこすことはなく候。かしこ――

理解しやすいように書き直すと、

返すがえすも秀頼のことお頼みいたす。五大老の方々にお頼みいたします。委細については五奉行に申し渡しています。まったくお名残おしいことでありまする。以上であります。

秀頼が成り立つように、この書き付けを置いていくので、皆々衆、お頼みいたしまする。何事もこの他に思い残すことはございません。かしこ（恐惶謹言《きょうこうきんげん》・毛利家文書）。

これらの手紙のことを後で、如水から聞かされた母里太兵衛は、（位人臣《くらいじんしん》を果たした豊臣秀吉公も、所詮は、人の子であったのか）と、遺児のことを心配する親心として、改めて思い定めるのであった。

露《つゆ》と落ち、露と消えにし我が身かな
浪華《なにわ》のことは、夢のまた夢

これは太閤秀吉が残した、辞世の句である。

秀吉は息子・秀頼のことではなく、自分自身もこの世で成し遂げていないことが沢山あったのではないかと、太兵衛は想像した。

たとえば、織田信長が目指していたと言われるように、秀吉自身も世界の国々を手中に収めたかったのではなかろうか。

それこそ、同時代を生きてきた太兵衛は夢のまた夢だと思うのであった。太閤秀吉がもっとも恐れていたのは黒田官兵衛孝高であった。ある日、秀吉が近臣たちを集め

て、

「もし躬が死んで次の天下をとるのは誰か、忌憚《きたん》なく申せ」

と、訊ねた。すると近臣たちは口をそろえたように、徳川家康など五大老だと答えた。ところが太閤秀吉は頭を振って、否、一人だけいる。それは黒田官兵衛孝高であると言った。彼は中津十二万石にすぎない、とてもとてもと、近臣らは否定する。すると、太閤秀吉が言う。

「お主らは、官兵衛の実体を知らないゆえ、疑うのだ。躬がかつて高松城を攻めたとき、織田信長公の訃報を聞く。そして不休不眠で山崎の地で明智光秀を討った。以後、交戦大小数回あった。躬は大節《たいせつ》（大事）に臨み、一生懸命に考えても分からないので、官兵衛に訊ねると、たちどころに裁断する。多少、荒っぽいところがあるが、躬が熟慮したことと同じである。中には、躬の意表をつくものも数回あった。かつ彼の心は清く、よく人から慕われる。広い度量を持ち、容易にしれない考えもある。これは天下広しといえども、誰も持ち合わせていない」

と、褒めそやすことしきりであった。

しかし当の如水は、太閤秀吉の治政は二代と続かないであろう。次は徳川家康が次期天下人になるだろうと観ていた。が、ときは戦国時代である。如水が天下を望まんことは絶対にないと言えないのである。母里太兵衛など旧臣は、密かにそれを望んでいた。

太閤秀吉も生前に朝鮮の日本軍を撤退させるように言っていたようであるが、いまは、大老・徳川家康の出番であった。

大老・前田利家も了承させて、伊予国宇和島城主・藤堂高虎《とうどうたかとら》を引揚隊長に任命して、朝鮮の日本軍を見事に引き揚げさせた。母里太兵衛は、黒田長政に付き従ったので、慶長三年十一月のことである。

当然のことと言えばそれまでのことであるが、秀吉の死後、豊臣政権は淀殿派の石田三成・増田長盛・長束正家らが中心になっていた。

片や北政所派は、甥の小早川秀秋・加藤清正・福島正則など秀吉子飼いの武将がついていた。前者を近江派といい、後者を尾張派という場合がある。

ところが慶長四年閏三月三日、大老で秀吉の親友でもあった前田利家が死ぬと同時に、五奉行筆頭の石田三成が、加藤清正・黒田長政・細川忠興《ほそかわただおき》・浅野幸長・福島正則・加藤嘉明《よしあき》・池田輝政《てるまさ》の七武将が、石田三成が太閤秀吉に讒訴《ざんそ》したため、不遇な立場に置かれたとして、三成を襲撃しようとした。

細川忠興は丹後国宮津城主、加藤嘉明は伊予国松前城主、池田輝政は三河国吉田城

主であった。加藤清正は、朝鮮で虎退治で勇名を馳せ、二王子の逮捕など功績があったのにもかかわらず、三成の讒訴で秀吉に呼び出されて閉門となった。

しかしたまたま慶長元年八月に京畿地震があり、秀吉救助のため二百人の家臣とともに大坂上屋敷から伏見城に真っ先に駆け付けたので、秀吉の勘気を解いたという話は、「地震加藤」として知られている。

母里太兵衛が朝鮮の役で、先手をしていたころの話である。

慶長二年十二月、慶長の役において蔚山城《うるさんじょう》の戦いがあった。太兵衛らは先手で大活躍をしたにもかかわらず、黒田軍はあまり敢闘しなかったと報告されたのである。怒った黒田長政は、当時の目付四人を処分するよう石田三成に迫ったが、目付が三成の息の掛かった者たちだったので、事なきを得ていたのである。その反動もあって長政は七武将の中に加わっていたのである。

いずれにしても、清正らは三成に不満を抱いていた。そこで三成を擁護する前田利家が亡くなったとたん、三成を襲撃したのであった。この時点から加藤清正らが武断《ぶだん》派と呼ばれ、石田三成らは文治《ぶんち》派と言われるようになる。

七武将の襲撃が失敗したのは、かねて三成に世話になっていた秀吉家臣の桑島治右衛門《くわしまじえもん》が三成に急報したことと、三成の親友・常陸《ひたち》国水戸《みと》城主・佐竹義宣《さたけよしのぶ》の機転によって、三成は逃げ果《おお》せることが出来た。

だが三成は、かねてからの政敵であった徳川家康を頼ったのである。多分義宣あたりが、家康を頼れと助言したのかもしれない。

家康を伏見にたずねると家康家臣団の中には、三成を殺せという意見も多かったが、家康の重臣である本多正信の意見に従って、

「石田三成を生かしておこう。気が短くて、筋を通したい三成は必ずや挙兵する。いま三成を殺したら、この家康の評判が悪くなる。三成が挙兵した段階で、彼を攻め殺したら豊臣恩顧の将たちも文句を、つけようがあるまい」

と家臣たちを前にして家康は言い放った。だが腹のうちでは（三成の若僧め、何時の日になるか分からぬがいまに見ておれ、きっと始末してやる）と思っていた。

徳川家康も太閤秀吉が薨去すると、遺命に背くことを平然としている。

自分の親族の娘・満天《まて》姫を福島正則の養子・正之《まさゆき》に、養女・氏姫を阿波国主・蜂須賀《はちすか》家政《いえまさ》の子・至鎮に配し、さらに自分の子・後の越後高田城主・松平忠輝《まつだいらただてる》と奥州領主・伊達政宗《だてまさむね》の娘と結婚させることを約束している。

すべてが豊臣恩顧の家臣を取り込む策謀であった。前田利家が生前に家康に意見してやると息巻いていたが、それも簡単に、家康から往《い》なされている。

三成を隠居させ、嫡子の重家を後継者にするのは形式的で、実際は人質として大坂城においていた。

そのころ京童《きょうわらべ》（物見高く口さがない者）が、街角に次の落首《らくしゅ》を掲げている。

徳川の烈しき波が現はれて、重き石田の名をや流さん
お城に入て浮世の家康は、心のままに内府《ないふ》極楽《ごくらく》

もはや、天下は家康のものという観念が、武将たちから庶民におよぶまで浸透していた。太閤秀吉が、秀頼が十五歳になるまで後見して、家康に政権を移譲してくれと頼んでいたかのようである。

秀頼はいまだ六歳である。

政権を移譲するまで九年間は、伏見城にいる家康が、天下を掌握しても誰も文句の付けようがないのである。

三成が佐和山城へ退くと、家康は武断派の武将たちに気遣いをした。

黒田長政らは在鮮中《ざいせんちゅう》に働きが悪かったとして、太閤秀吉から譴責《けんせき》されていたのを落ち度なしと公表してやり、四人の目付を処分したのである。

それればかりでない。遠江浜松城主・堀尾吉晴《ほりおよしはる》らに加増している。これは豊臣の恩顧を忘れさせるためと、家康の勢力に繰り込みたいという下心があってのことである。

主君父子内室の救出

一

　徳川家康は、豊臣恩顧の武将をわが方に抱き込むために、いろいろな手段を講じた。婚姻政策もその一つである。関ヶ原合戦が始まる直前に家康は、黒田長政とも姻戚となり味方にしようとした。

　もちろん、その親・黒田如水も意中にあった。智略才幹の非凡さに惚れ込んでいたのは、小田原征伐以来である。

　だが、好意を持っただけでは密着しがたい。そこで家康は黒田長政に身内の女の子を養女にして、嫁がせようと考えたのだった。しかし長政にはすでに妻があった。阿波国主・蜂須賀家政の娘であった。すでに四歳の娘、お菊まで設けていた。

　黒田官兵衛如水は（いずれ天下は徳川家康どののものになる。いまのうちから家康どのと、親しくしておくほうがよい）と考えていた。

それがためには家康と姻戚になるのが第一であった。

家康側から朝鮮の役直後に、婚儀の話が持ち込まれたとき長政は妻を離縁した。

如水の教えがこうであったからである。妻は、その女性一人でよかったのだ。

慶長五年（一六〇〇）正月朔日《ついたち》、黒田長政は大坂城へ出向いていた。今年、八歳になった豊臣秀頼に正月の挨拶をするためである。

諸大名も豊臣家臣一同もすべて集まり秀頼を主人と奉《たてまつ》ったのだが、大坂城西の丸より徳川家康が顔をのぞかせていたので、諸大名たちは八歳の秀頼よりは、五十九歳の家康の権威と貫禄を懼《おそ》れて、挨拶したのである。

家康は秀吉没後、北政所の配慮によって慶長四年（一五九九）九月に、大坂城西の丸に居住できるようになっていた。

名立《なだ》たる、諸大名たちは本丸の秀頼に形式的に挨拶するのだが、西の丸にいる家康のところに参上する諸大名は真剣に家康へ接触しているのである。

ただ、大老・上杉景勝だけは、挨拶に出席していない。再三にわたり家康が催促すると、

「所領の会津若松《あいづわかまつ》へ帰ってみると、国内の整備が必要だったので、とても上洛できな

い。それにいま、病気である」

と景勝は言い訳をする。その実、佐和山に隠退している石田三成と組んで、反徳川方に回っているのであった。

秀吉生前の慶長三年（一五九八）に、景勝は越後春日山城主から会津若松城主に栄転していた。百二十万石だから大身である。

これには三成の口添えがあったというから、当時の三成の権威は、相当なものであったことは理解できる。

豊臣政権の中で、大老・徳川家康の権勢と二分するくらいだったと言われているが、本当かもしれない。

これを承知の上で、家康は親切ごかしで、上杉景勝らを所領に帰していたのである。

家康は太閤秀吉の没後より、大老筆頭として権力を振るっていた。それは権力者没後の混乱を避けるために行っていることなので、建前上は、誰にも咎めることはできない。

年頭の挨拶に来た景勝の使者に、

「一刻も早く会津若松へ帰り、景勝どのに伝えてもらいたい。大老ゆえに、天下の政務も相談したいので、また、豊臣家の当主・秀頼公にも挨拶をしてもらいたいから、すみやかに上洛していただきたいと申し上げてほしい」

と、家康は言った。使者は前もって景勝に言われているのか、承知したと答えている。

しかし景勝は、秀吉薨去後から石田三成と組んで、会津若松において挙兵を企てていたのである。

家康が、いくら上洛を促しても応じるはずがなかった。

そしてもし、家康が上杉討伐に出てくれれば、三成が挙兵して家康を挟み撃ちにしようと約束ができていたのである。

そのころ越後春日山城主・堀秀治《ほりひではる》の家老で、越後三条城主・堀直政《なおまさ》（監物《けんもつ》）より知らせが入って、

「会津の上杉景勝は、おびただしい武具を用意し、新地に砦をつくり、他国への道や橋を作っている。病気と称しているが、本人はいたって達者であり、国内で狩りなどをして遊興を楽しんでいる。これは挙兵の兆《きざ》しなので、きっと処分をなさるように」

と告げた。

そこで家康は家臣の伊奈昭綱《いなあきつな》を使者として会津へ派遣し、詰問したところ、言を左

右にし上洛を拒否した。

家康は三成を除いた奉行、三中老の讃岐国主・生駒親正《いこまちかまさ》、豊臣家駿河直領代官・中《なか》村一氏《むらかずうじ》、越前府中《ふちゅう》領主・堀尾吉晴《ほりおよしはる》と親徳川派の諸大名を集めて、景勝を征伐することに決定した。征伐は家康自らとなる。

家康は諸大名を多く率いることになった。

このとき、黒田如水は豊前国中津にいたが、黒田長政は大坂天満の屋敷にいた。徳川家康は信濃高遠《たかとお》城主・保科弾正忠正直《ほしなだんじょうちゅうまさなお》の娘・栄姫《えいひめ》（十六歳・ねね姫ともいう）を家康が養女にして、長政に嫁がせるため、江戸より呼び寄せて伏見城に逗留させており、やがて大坂城へ移り西の丸に起居させていた。慶長五年六月六日になって黒田長政に嫁がせたのである。

輿添《こしぞえ》（輿に付き添って随行する者）は、家康の重臣で、上総大多喜《おおたき》城主・本多忠勝《ほんだただかつ》（中務大輔《なかつかさだいふ》・五十三歳）、介添は、武蔵領主・村越直吉《むらこしなおよし》（茂助《もすけ》・三十九歳）であった。

黒田家から西の丸へ輿を受け取りに出かけたのが、誰あろう母里太兵衛と栗山四郎右衛門であった。彼らは上杉討伐を希望していたのだが、

「栄姫の輿添が、家康公の重臣中の重臣である本多忠勝ならば、当家でもそれなりの者でなくてはならない。となれば、黒田家では母里太兵衛と栗山四郎右衛門のほかに

見当たらない。頼む、受取役を引き受けてくれないか」

長政が頭を下げんばかりにして、頼んだのである。

ときに、太兵衛は四十五歳であり、四郎右衛門は五十歳であった。家康は、

「栄姫は予の母お大が、再婚先で生んだ娘の子であり、予にとっては姪にあたる。養女にしたと言えども、長政どのはもちろんのこと、家臣たちにも大事にして貰いたいゆえ、よろしく盛り立てて欲しい」

こう言って、長政には則重《のりしげ》の太刀と稲葉志津《いなばしづ》の短刀を授け、太兵衛と四郎右衛門にも、家康が腰に差していた刀を授けたのである。

特に太兵衛は、小田原征伐以来、徳川家康に傾倒している。

あれほど直臣に欲しいと言った太閤秀吉よりも、徳川家康に、人間的な魅力を感じていた。

しかし四郎右衛門に言わせると、

「この婚儀は、徳川家康どのが黒田家の勢力を味方に引き入れようとしている政略結婚である。若殿がそれと知って、蜂須賀家政どのの娘御を離縁されて、栄姫と再婚なさるのは如何なものか」

と、あまり気乗りはしないようである。

太兵衛は義兄弟になってから四郎右衛門に反論することを控えている。が、このときばかりは四郎右衛門に持論を述べた。

「何事も悪い方に考えるのではなく、いい方に考えることが大切ではなかろうか」

確かに四郎右衛門が言うとおり、黒田家と蜂須賀家とは疎遠《そえん》となったが、秀吉亡き後、天下人的な徳川家康に、重宝がられる存在となっている。

それはともかく、太兵衛は大坂城の西の丸から輿を受け取って、栄姫を大坂天満の黒田邸まで丁重に送り届けたのである。

婚儀は六月六日、天満邸において盛大な結婚式が行われた。

三十三歳の花婿に十六歳の花嫁であった。花婿の長政は六月十六日に、上杉討伐に立たなければならなかったので、わずかに十日間の新婚生活である。それでも母里太兵衛らの気配りで、新婚の妙味は十分に味わえたはずであった。

「母上の幸圓《こうえん》と栄姫は大坂に残しておく。太閤秀吉公がわれら諸大名の妻たちを大坂に残したのは、いざというとき人質に換えるためであった。仮に、石田三成が大坂城に留まるようであっても、母上と栄姫を人質に換えるに違いない。さすれば、生き恥を曝すことにもなりかねない。そこで頼りになるそなたと栗山四郎右衛門らを大坂に残すゆえ、母上と栄姫を脱出させて、豊前の父上に届けてやってくれないか」

黒田長政は、恰《あたか》も三成が挙兵でもするような口振りで、母里太兵衛に幸圓と栄姫の保護を頼むのであった。幸圓とは、如水の妻の法名（出家後の名）である。

もちろん太兵衛らは栄姫がらみがあったので、長政の命令を快く引き受けたのである。もしかすると、長政の言うとおり、三成が大坂に戻ってきたら女たちの生命の保障はない。考えようでは、大坂に残るほうが上杉討伐より困難であったかもしれない。

ともかく大坂に残されたのは、母里太兵衛のほか栗山四郎右衛門・宮﨑助太夫《すけたゆう》（のち織部）ら少数の人たちであった。慶長五年六月十六日、徳川家康は本多忠勝ほかの家臣とともに、黒田長政ら親徳川派の諸大名を率いて大坂を発ったのである。

家康に加担する豊臣恩顧の諸大名をあげると、黒田如水・長政父子をはじめとして、浅野幸長・細川忠興・池田輝政・加藤嘉明・藤堂高虎・加藤清正・蜂須賀至鎮《よししげ》・福島正則らであった。

二

至鎮は家政の子で慶長五年の年頭、徳川家康の養女・万姫《まんひめ》と婚姻していた。

家康が豊臣恩顧の諸大名を味方に引き入れる手法は、姻戚になることであった。

福島正則の養子・正之《まさゆき》には、家康の家臣で下総の領主・松平康元《まつだいらやすもと》の満天姫を嫁がせ、加藤清正には熊本に正室がいるにもかかわらず、家康の家臣で三河刈屋城主・水野忠重《みずのただしげ》の娘を正室として送り込んでいる。

考え方によっては独特な手法であるが、男の生理をうまく利用した手法であったと言えなくもない。

で、長政が予想したとおり佐和山の石田三成が挙兵した。慶長五年（一六〇〇）七月初旬のことである。挙兵に先立ち、友人の越前敦賀城主・大谷吉継を会津征伐の途中から呼び寄せ、家康討伐の挙兵に協力するように懇願する。

「たしかに家康は横暴なところはあるが、いまのところ、豊臣家のためだと声を大に謳っている。貴殿は智恵才覚では優秀なのだが、武功派の七将から狙われるような不徳がある。いま家康を狙うのは時期尚早《じきしょうそう》である。姻戚になった連中は、いやでも家康に味方するであろう。それに禄高は貴殿が十八万石、家康はおよそ二百五十万石、手勢のうえでもとても敵わないから、挙兵するのは止めたほうがよい」

吉継がしきりに諫止した。しかし、三成は毛利家の外交僧・安国寺恵瓊とともに挙兵を強く勧めるのであった。

吉継は癩病《らいびょう》を患っていた。

若いころ、秀吉の茶会で茶碗に鼻水を垂らしたのを三成に茶碗をもぎとられて、その鼻水の入った茶を飲んでくれた恩義がある。諸大名は回ってくるのを嫌がっていたのである。その恩義とは別に、吉継の癩病は最近悪くなっている。担架を用いなければ身体が不自由である。もしかすると、

（たぶん石田三成が敗北するであろう。戦って三成と一緒に死ぬのも悪くない）

大谷吉継は、交誼《こうぎ》によって三成と死のうと思っていたのかもしれない。三成と一緒なら、よい死に場になると決めていたのではないか。

三成は、安国寺恵瓊・大谷吉継と三人で挙兵の計画を立てたのち大坂城に入った。

慶長五年八月のことである。まず、挙兵の盟主は中国九か国主・毛利輝元に決定した。三成はたとえ輝元が動かなくとも、大老の輝元を盟主にしていたほうが、特に西国の大名たちを味方に引き込みやすいと考えたからである。

石田方は毛利輝元をはじめ、宇喜多秀家・島津義弘・小早川秀秋・小西行長・長宗我部盛親《もりちか》など西国の諸将である。

それに三成や吉継に味方していた者に近江出身で淡路国洲本城主・脇坂《わきざか》安治《やすはる》・近江出身で朽木《くつき》城主・朽木元綱《もとつな》、近江出身で伊予国国分城主・小川祐忠《すけただ》・越前出身で堀尾吉晴の与力・赤座《あかざ》直保《なおやす》（のち吉家《よしいえ》）らがはじめのうちは味方についていたが、戦いの

半ばでこの四人は裏切ることになる。

だが彼らは、最初から徳川方に内応することになっていたという。

ところで、三成は計画どおりに秀吉に属していた武将の妻子を人質にすることにしていた。この人質問題で、細川忠興の妻ガラシャ夫人（明智光秀の娘）が、人質を拒否して焼身自殺したことは、伝説としていまでも残っている。

ともかく長政の母と妻は天満屋敷に住んでいたが、大坂城にいた武将の中で親しい者がいたので、三成が親徳川派の武将の妻子を人質に取るという話は、はやくから知らされていた。ならば如水の妻と長政の妻を何としても守りたいと母里太兵衛・栗山四郎右衛門・宮崎助太夫は堅く誓い合った。

天満に納屋小左衛門《なやこざえもん》という商人がいた。もとは黒田如水の家臣であったが、訳あって商人になっていたのである。いまでも黒田家に出入りして、特に太兵衛とは親しかったので、

「内室二人を石田三成から匿《かくま》ってくれないか」

と太兵衛が頼み込むと、小左衛門は二つ返事で引き受けた。

いままでは何の不自由もなく、優雅な暮らしをしていた幸圓と栄姫は、小左衛門宅の内蔵《うちくら》に匿われたとたん、窮屈な暮らしを送らねばならなかった。

それは三成方の探索が日ましに厳しくなっていたから、商人の家族であるかのように装っていたのである。

それでも大坂方が厳しく詮索したときは寝所の下に一畳ほどの穴蔵を掘って、そこへ両夫人を隠すこともあった。

長政の天満屋敷には、大坂城からたびたび探索員が調べに来ていたので、門口より出ることが不可能だったので、太兵衛らは四郎右衛門らと相談して、裏の風呂場の壁に穴を開けて、夜になってから出入りをしていた。

身体には商人の衣装を纏い、まるで商人のような格好をしていたのである。

ある夜、中津から迎えの船が大坂の港に入ってきたので、太兵衛・四郎右衛門・助太夫の三人は、二人の内室を俵の中に入れて売物のように拵えて港まで運んだのだった。

しかし運ぶ途中が大変であった。

監視がきびしいので太兵衛が天秤棒で俵を担いでいる。普通の人なら担げないところであるが、太兵衛は大力なので支障がなかった。

ところで太兵衛が内室二人を港まで運んでいる最中、三成の家臣が五十騎と鉄砲を持った侍が二百人ほど屋敷を取り巻き、長政の母および内室が屋敷内にいるかと訊ねてきたのであった。留守を預かる栗山四郎右衛門は替え玉作戦をとった。調べる女性は内室を二人とも知っているという。

「吟味は結構でござる。わが殿、甲斐守長政公は秀頼公へのご奉公のため、関東へ下っているというのに、いまさら何故にお疑いなさる」

と使者を睨め付けると、使者は狼狽《うろた》えて、

「よもや甲斐守長政どのが秀頼公に二心はあるまいが、上の方から諸大名の内室が屋敷にいるかどうかを確かめてみよとのことなればご協力いただきたい。内室を見知りたる女を遣わし、物陰より、ちらりと覗き見をさせるだけなれば、何卒、ご協力いただきたい」

と言った。四郎右衛門は内心どぎまぎしたが、かねてよりこのようなこともあろうと思い、内室二人に似ている女性を用意させていた。幸圓は四十八歳、栄姫は十六歳であった。

かねて太兵衛・四郎右衛門・助太夫らが相談して、年齢や顔貌《かおかたち》を似せているので、そっくりな女性たちであった。確認する女はできるだけ遠くから観察させるようにしたので、二人の女性は内室二人とも屋敷内にいたと報告したのである。

報告を受けた毛利輝元と増田長盛は黒田長政の人質は十分であると喜んだ。増田長盛は五奉行の一人であり、豊臣秀長の没後、大和郡山城主をしていたが、このときは大坂城で留守将をしていた。

ところで内室二人を天秤棒で担いでいる太兵衛は、通りに警備員が多くて困ることが多かった。しかし七月十七日、玉造《たまつくり》の方面で火災があった。細川忠興の正室ガラシャが石田三成の人質になるのを拒否して自殺したとき、家臣の一人が屋敷を焼いたのである。

その騒ぎのため、監視員が手薄になったので、その間に太兵衛は幸圓と栄姫を船に乗せるのが容易になった。港の番所役人・菅右衛門は太兵衛と知り合いだったので、なお都合がよかった。太兵衛は俵から二人の内室を出して、用意された船に乗せた。

「窮屈な思いをさせて申し訳ありません」

太兵衛が頭を下げると、如水の妻・幸圓は、

「何の。太兵衛には奇しくも夫婦ともども救出されることになりました。これは伊丹で助けられたときのことを如水から伺ったのですが、助けられた者が少々、窮屈な思いをしたとて当然のこと、太兵衛らは命の恩人だと言いました。わらわも感謝の気持ちで一杯です。そうですね栄姫」

このように言って、丁重に頭を下げるのであった。

「乱世の女たちも、男衆と同様に命をかけて何事にも応じる覚悟でおりますから、俵の中など何の窮屈さがありましょうか。母上と同じ気持ちです」

十六歳で長政に嫁入りした栄姫も、僅か一か月余りで、すっかり、大人の雰囲気を醸し出しているようであった。

船は七月二十九日に中津城に到着して、如水から歓迎された。そして如水は役者を呼んで芝居を催し、道中の辛苦を慰めたという。

ところで大坂湾で二人の内室と別れた太兵衛は、船に乗り遅れたので泉州堺へ行き、内室の船に追いついている。

黒田の二人の内室の行方不明はすぐに大坂城方に判明するが、栗山四郎右衛門らは陸上より播磨に入り、港から中津に向かっている。天満屋敷の留守を預かったのは、四宮市兵衛《しのみやいちべえ》（のち蔵人《くらんど》）であった。なかなか度胸のある男であり、大坂から来た役人が詰問しても、知らぬ存ぜぬと言い張って、難を逃れていたのである。

九州制覇への加担

一

徳川家康打倒のために、挙兵した石田三成は、如水が味方になってくれることが、大きな望みであった。特に密使を中津に送って、誘っている。

——徳川家康は我意に任せて、豊臣秀頼様を蔑ろにしている。太閤殿下の御遺言に背くゆえに、切腹させたいとのゆえに挙兵した。豊臣恩顧の諸将とも相談して、貴殿を迎えたい。もちろん貴殿も恩顧の将でありましょうが、世上では隠居の身とは言われておりますゆえ、何卒ご上洛のうえ、お味方いただきたい——

三成は密使に書状を預けていたが、その書状の中に朝鮮での囲碁問題も詫びていないし、三成が嫌いであったから、如水は、三成挙兵にも全然知らぬふりをして、

——ご趣旨すべて分かりもうした。もし拙者を味方に引き入れたいならば、九州の

七か国をいただきたい。もし了解されるのなら、誓詞を書いてもらいたい。もし、それがいただけないのなら、お味方はしかねる——

如水と豊臣秀吉とは、高松城水攻めのときから一心同体になって、天下取りをした仲である。それだけに豊臣家の将来は気になっていた。が、子供の秀頼には何の恩義も感じていない。このように感傷に溺れないのも如水の特質である。

母里太兵衛が、如水を尊重してやまないのも、その一点であった。世の中には感傷的になりすぎて、身を滅ぼす連中も多い。

三成が味方に引き入れた諸大名は、大老の毛利輝元から命令する形で集められている。秀吉の恩顧を理由にしたことで、如水とまるっきり反対の考え方で集まった諸大名が多い。

だから、関ヶ原の本戦のとき、出陣していながら長束正家らのように戦闘に加わらなかったり、島津義弘みたいに敵前逃亡をしたり、あげくは、小早川秀秋らのように東軍への裏切りがあったことで、三成は敗北を喫したのである。

如水は最初から難題を吹っかけて、三成の味方についていないが、徳川家康には息子の長政が付随していた。

これは如水の思惑どおりであった。母里太兵衛は二人の内室の天満屋敷からの脱出

を成功させると、上方の騒乱を如水に報告した。すると如水は、

「この如水が旗揚げして、九州を手中に収めるいい時期が到来したと考えるので、旗揚げの日を、九月九日辰の刻と決め、隣国から征伐にかかろうと思うが如何であるか」

黒田如水は、母里太兵衛と井上九郎右衛門の重臣を集めて、出陣の期日を決めようとしていた。

「殿のごせっかちの性分は分かりますが、それがしらは時期尚早だと拝察いたします。徳川家康公は江戸を出馬しておりませぬ様子ですし、石田三成の動向も定まっていないようですから、まだ出陣の儀は止めていたほうがよろしかろうと存じまする」

太兵衛は如水の出陣を諫止するのであった。

本来なら、主君が言ったことに絶対服従するのが家臣の務めであろうが、如水は家臣の好きなように意見を述べさせている。しかし今度ばかりは、首を横に振って頷こうとしない。

「太兵衛らの言うことも道理である。が、石田三成の叛逆は世間が周知の事実である。ここで家康公の動きは問題でない。もし家康公の江戸進発後にわれらが出陣したならば、黒田は日和見的な戦争をすると批難される。これは武道の本意に背くものだ

から、予は快しとしない。家康公が江戸を進発する前に、九州を切り取ってこそ真の忠節と思う」

如水は九州を平定して、家康に進呈するという風に聞こえる。

しかし以前、如水が語ったことがある。

「予も五十の坂を五歳も越した。人生で一度でよいから天下人になってみたいものじゃ。秀吉公はそれが分かっていたので、予を豊前十二万石の封地に封じ込めていた。三成の挙兵は、その枠を取り外せるよい機会がやってきたと思っている。そこで手薄の九州を平定して、徳川家康と石田三成のどちらかが勝てば、そちらと勝負をして天下人になりたい」

その願望を家臣たちに一言もだしていない。

太兵衛も如水の真意には賛成であるが、まずは九州を平定してからの話である。

「戦の準備はわれら家臣ども、仰せのとおりにいたします。なれど殿がお示しなる出陣の日、九月九日が厄日でございます。こたびの軍勢は、殿がお集めになろうとしていますほとんどが農民町人でありまする。彼らは、作物の植え付けや収穫に厄日を忌み嫌うところがありまする。われら武士とて厄日は避けて出陣し、厄払いに馬上杯で酒をもって清めているようなことでありまする」

「お主らの誤解は甚だしい。九は厄日と申すが、過去、この如水が九の日に出陣して戦いに破れたことがない。迷信だと言い張ると、逆にそれが障りとなろう。お主らが九日を凶日と信ずるならば、さらなる吉日を選んで、ゆっくりと予についてこい」

如水は大笑いして迷信を否定した。平素から如水は、凶日に拘ることのない武将であった。古い故事にふりまわされたくないのである。

「殿は情けないことを仰せである。さらに吉日を選んで、のこのこ後からついてこいとは実に情けない。つれない仰せでござる。われら家臣を卑怯者扱いにするつもりでござるか。われら家臣は一命を君主の馬前に投げ出しているのでござる。凶日のことて、殿に災難がおよばないよう祈ってのことで、殿一人のことばかり心配してのことでございます」

太兵衛は顔をゆがめて、悲しそうに言った。

「若いころ太兵衛は有岡城で予を救助し、こたびは幸圓と栄姫を天満屋敷から脱出させている。よくよく考えると、母里太兵衛はわれら夫婦の命の恩人である。本来なら徒や疎かにできる者ではない。太兵衛、言いすぎたこと」

如水は君主でありながら、素直に謝った。

「それがしは、この世の中で一番尊敬し、お慕いしているのは殿だけでございます。

そんな殿から頭を下げられると、どう応じたらよいのか分かりません。頭を上げてください」

「ならばそうしよう。その代わり予が用意した酒を呑んでもらいたい」

如水はこう言うと、侍臣に持ってこさせた銚子で自ら盃に一杯ついで呑んでから、その盃を渡した。

「太兵衛は酒豪だから物足りないと思うが……」

如水の冗談めいた言い方に太兵衛ら家臣たちも落ち着きをとりもどし、太兵衛は差し出された酒に舌鼓を打っていた。

出陣の日は如水が、決めた九月九日に決定した。

「先ほど太兵衛が話したとおり、本隊は長政が引き連れているので、農民や町人をにわか軍人に仕立て、諸浪人をはじめ何者であっても望む者に金を出して集めたいと思うが、如何であろうのう、太兵衛」

「それは結構な一策でありましょう」

太兵衛は、如水に黒田家先祖の近江商人を感じ取っていた。平素は、けちけちと金を貯めているのだが、このような大勢の人集めには、惜しげもなく金を放出するのである。

太兵衛ら家臣が領内に触れ回ると、われもわれもと人が集まってくる。中には太閤秀吉時代に城を攻められて浪人した者もあって、にわかづくりの兵士たちであったが、頼もしい軍勢になった。

如水は家臣の中から貝原市兵衛《かいばらいちべえ》と杉原一茶《すぎはらいっさ》を銀奉行《かねぶぎょう》にして、一騎前《いちきまえ》（馬に乗る武士）には銀三百文目《もんめ》（一、一二五グラム）、徒士《かち》（歩行の侍）には、永楽銭《えいらくぜに》一貫目《かんめ》ずつ渡した。

ちなみに、のちに発行された一両が銀五十文目、銭四貫に相当している。

これを支度金として集めた兵士は三千六百人であった。永楽銭一貫は、現代の貨幣価値になおすと百五十万円に相当するようだ。一騎前は、その四倍の金額となる。

このにわかに集めた兵士の中から、小城源兵衛《おぎげんべえ》・荒牧軍兵衛《あらまきぐんべえ》・白石権平《しらいしごんぺえ》・大塚角《おおつかかく》太夫《たゆう》・樋口山城《ひぐちやましろ》・中間喜兵衛《なかまきへえ》など一騎当千の勇士がでて、黒田家のために活躍したという。

二

最初に戦うのは、太兵衛の義理の兄である大友義統であった。つまり妻・幸の異母兄であった。慶長五年（一六〇〇）九月九日、黒田軍が九州平定をすると決定した夜に、妻・幸と睦んだ。二人の内室を中津城に入れた日から二度目である。

「めっきり女らしくなり、わしを喜ばせてくれて、こんなに嬉しいことはない。わしに数倍の力を与えてくれて感謝のかぎりである。しかし、そなたに悪い知らせがある。じつは毛利領の長門《ながと》から豊後《ぶんご》に帰っている義兄の義統と戦う破目《はめ》になった。義理とはいえお前の兄と戦うのは、如何にも口惜しい。が、乱世の習いならば、致し方ないと心で涙している」

太兵衛が夫婦の睦み合いがすんだ後、妻・幸を抱きしめながら言った。

「父・宗麟義鎮《そうりんよししげ》が、豊後津久見《ぶんごつくみ》で病死した直後に貴方と結婚したのですが、義統どのは私のことなど一言も言わなかったようであります。何人もいました妾腹の娘ですから、義統どのは気にも止めなかったのでしょう。しかし義統どのは、義理とは申せ、血の繋がる兄なのでございます。夫である貴方とは出来れば戦ってもらいたくないのが私の本音であります。如水さまは戦上手と伺っています。そして貴方は一番の先手大将。先年、福島正則さまから呑み取りました槍をもって、存分に活躍されると存じまする。正直に申しまして黒田軍が勝利することでしょう、でも、貴方の手で義統どのを殺さないで欲しい」

目にはいっぱいの涙を溜めながら、幸が太兵衛にしがみついた。

母里太兵衛はこのとき四十五歳である。人生僅か五十年の時代であっても、十年は若い体躯《たいく》をしていた。数え切れない合戦でも傷一つ負わない強者であった。

幸は二十七歳であったが、すでに左近《さこん》（友生《ともお》・友晴《ともはる》）という男児を儲けている。生年は不祥《ふしょう》である。左近を二代として、母里家は現在まで連綿と続いている。いままでは、母里《ぼり》と称しておる。

十歳若いことを自他ともに許している太兵衛は、再び幸に挑む。

「大丈夫ですか、明日から出陣に備えなければなりませんのに……」

と言いながらも、幸はうれしそうに夫・太兵衛を迎え入れた。

「大丈夫だ」

太兵衛は彼女の唇を自分の唇で塞いで、幸の心配をすべて払いのけてやった。夫婦の睦みは、しばらく、何事も忘れ去らせるような甘美な感覚に覆われていた。

幸が夫・太兵衛に殺さないで欲しいという大友義統は永禄元年（一五五八）、九州北半分六か国を支配した大友宗麟の嫡男として生まれた。

天正六年（一五七八）ごろに家督を譲られて豊後大友氏二十一代宗家となる。そして義統は府内《ふない》で政務を執ったが、宗麟もまた臼杵《うすき》に移り、後見と称して政権を維持する。

そのため二頭政治としてみられ、家臣団も二分化して混乱を招いていた。そのため大友家はだんだんと弱体化していく。

さらに、薩摩・大隅国主・島津義久や肥前国主の龍造寺隆信《りゅうぞうじたかのぶ》の進出に脅かされ、宗麟が天正十四年に上洛して、豊臣秀吉を頼ることになった。

翌年の九州征伐によって、大友義統は豊後一国が安堵となった。この時点で大友氏は秀吉の傘下に入る。義統は秀吉から一字書き出しを受けて、一時的ではあるが吉統《よしむね》と名乗ったこともある。

文禄二年（一五九三）の朝鮮出兵で、小西行長軍から援助の要請を受けながら、行長死亡の虚報を信じて、軍勢を撤退させる失態を起こしてしまう。このため太閤秀吉の怒りを買い、義統は周防山口に監禁され、のちに、常陸の水戸城主・佐竹義宣に預けられて謹慎する。

義統が謹慎を解かれるのは、秀吉没後であった。しかし、領国が安堵されたわけではなく、浪々の憂き目を味わうことになる。義統は江戸で旧臣と会うなどして、復権を待っていたのだが、慶長五年（一六〇〇）毛利輝元の要請に乗り、関ヶ原合戦時は西軍に与《くみ》することになった。

「徳川家康に勝利したら、秀頼公は、貴殿に豊後一国を与えるだろう」

石田三成から内示を貰っていたので、大友義統は喜び勇んで豊後に帰り、旧臣を呼び集めていたのである。義統は大坂の秀頼の援助を受け、白銀千枚、鉄砲三百挺などを引出物として渡されていたこともあり、軍勢はたちどころに二千人くらいは集めたという。

姻戚である母里太兵衛を、如水の名代として義統の本陣に行かせた。

「はじめまして、それがしは宗麟さまの娘御、幸の夫で、母里太兵衛と申します。幸は貴方さまの妹御に当たります。ですから、それがしも貴方さまのことは気にかけておりました。豊前の黒田官兵衛如水も、しかりでございまする。そこで隣国の誼で義統さまにお願いの儀がございます」

太兵衛が丁重に頭を垂れ、言葉はへりくだった。

「ほう、そなたが母里太兵衛と申すか。むかし家臣から聞いたことがある。だが、父・宗麟には大勢の側室があったゆえ、その娘のことまで関わりを持ったことはない。悪いが当時は宗麟が病死した年なので、幸どののことまで気配りすることができなかった。太兵衛とやら、許せ」

義統は悪い男ではないらしいが、おっとりしているところから見て若旦那育ち、大らかに物事を判断する性格のようであった。

浪々の年が長いので、多少、世間のことを知って来たようだが、まだまだ若旦那である。太兵衛より二歳年下だから、若旦那と呼ぶには少し抵抗があるのだった。

「では本題に入ります。主人・如水が申しますには、ご貴殿は石田三成派に属しているようですが、石田三成は生意気な人物で、約束を反故にすることなど、へっちゃらな男であります。それに反して、東軍の徳川家康どのは、光一《ぴかいち》の武将でござる。誠実にかけては日本一、豊後一国安堵されることを確約するなど間違いない人物でござる。そのようなことで、ご貴殿は東軍に属されるようにと主人・如水が申しております。それがしもそのように思いまする。小田原の役のとき、家康公にお会いしましたが、この世の中にこのような英傑がいるのかと感動いたしました」

太兵衛が、小田原で出会った家康の印象を織り交ぜながら、如水の推挙する東軍への勧誘をするのであった。

「如水どのが予のことを心配してくれることには、深く感謝いたす。されど、大老で西軍の総大将である毛利輝元どのは海千山千の人物であり、先般も浪々のみぎり、随分と世話になったお方である。その人物を裏切って東軍につくわけにはいかない。それに石田三成は随分とあちこちに働きかけて、豊臣秀頼公の名義で豊後一国を安堵すると約定しているので、いまさら、徳川家康に味方するなど出来ないわ」

義統に如水の勧誘にのらない雰囲気もなくはないのだが、すでに、毛利輝元や石田三成らと堅い約束をしているのを破る度胸がないようである。

太兵衛がしつこいほど勧誘してみたが、大友義統は首を縦に振ることはなかった。そこで仕方なく太兵衛は、義統と離別したのであった。しかし別れ際に、

「妻の願いでござる。軽々と死を選ばないで欲しいと、申しておりました」

太兵衛は幸の言葉を伝えるのは、忘れなかった。

三

予定どおり、黒田軍は九月九日辰《たつ》の刻（午前七時〜午前九時の間）に中津城を出発した。軍勢は八陣に分かれていた。

一陣は母里太兵衛、三陣は栗山四郎右衛門、四陣は井上九郎右衛門など、つまり如水子飼いの武将たちが隊長になっていた。如水の強い信念で子飼いの武将を中心に用いていたのである。

国東半島《くにさきはんとう》を南下して、十日に高森城に入って一泊した。高森城は中津城の支城であり、如水の実弟の黒田《くろた》兵庫助《ひょうごのすけ》利高《としたか》が守っていた。

ついでながら如水には弟が、利高のほか修理亮《しゅりのすけ》利則《としのり》、図書助《としょのすけ》直之《なおゆき》と三人あった

が、如水の重要な合戦で活躍し、如水を支えている。

だが子飼いの武士たちより優遇はしていない。そこが、如水の変わったところである。ちなみに、直之の母は母里氏である。もしかすると、母里太兵衛と血を分けているかもしれない。

高森城を出るとき、如水は母里太兵衛ら総軍勢を前にして、次のように訓辞している。

「いま、大友義統が豊後に下向して、挙兵している。これは黒田家にとって、猫の額の物を鼠が心掛《こころがか》りするのとおなじで、気になって仕方がない。先般、姻戚なるをもって、家老の母里太兵衛を名代として説得してみたが、義統は聞き入れていない。われらはこれがために出馬しているのである。先年、義統は朝鮮の役で大失敗をして、秀吉公から改易されている。毛利輝元に預けられたことを恩義に思い、石田三成の催促に乗って挙兵したとは、片腹痛いところである。所詮、義統は大臆病者なのだ。類は友を呼ぶというごとく、彼のもとへ集まった者は皆、臆病者ばかりである。皆の衆は少しも気にすることはない。もし義統が数万騎で来ても、義統勢五人に対し、わが軍一人と戦っても十分に勝てるはずである。こたびの乱を考えると、この戦いだけで終わるとは限らない。今後、いかなる合戦があろうとも、わが軍はかならず勝てるはずである。自信を持て」

本隊は黒田長政が率いて、徳川家康に従っている。いまの如水軍は、にわかにこしらえた軍勢である。しかも農民や町人も多い。常識から考えても強兵とは言い難い。

それだけに軍勢に対しての鼓舞激励も難しいのである。しかし一人で、五人を相手にすることができると励ましたことで、にわか仕立ての全軍の士気を見事に向上させたのである。

如水は豊後に入り、高田《たかだ》城主・竹中重利《たけなかしげとし》（のち隆重《たかしげ》）に母里太兵衛を使者として、大友攻めの要請をした。高田城側は、

「了解した」

と、素直に協力をすると言ったが、その裏では義統に味方する気配になっていた。豊後の旧主に対する気遣いだったのかもしれない。

「重利に二心あり」

このように判断した如水が、高田城を攻めようとした。だが、太兵衛と話し合いを行なった高田城の家老・不破三大夫《ふわさんだいふ》が驚いて裸馬に跨がり、赤根峰《あかねがみね》の如水本陣に駆け付けて、

「城主・重利がにわかに発病したため、遅延しただけでござった」

三大夫が老獪《ろうかい》ぶりな言い訳をして、出兵を堅く約束し、のちに重利の嫡子・重義《しげよし》に二百余騎をつけて、赤根峰に駆け付けさせた。

さらに如水軍は石田三成の腹心である、富来《とみく》城の垣見家純《かきみいえすみ》を攻めた。家純は西軍に与して美濃に行って留守であったので、兄の筧利右衛門《かけいりえもん》が城代となって守備していた。

守備兵の抵抗も激しく長期におよべば如水軍も損害を蒙りかねないので、囲みを解き、殿軍を母里太兵衛に委《ゆだ》ねた。のちに利右衛門が如水の勧告にもとづき、

「いまは誰のために命を捨てるのか、如水どのの勧告によって、城を明け渡すまでだ」

と言って、富来城を明け渡したとき、太兵衛は如水に意見を述べた。

「富来の城兵は、長らくわが軍を悩ましたものなれば、一人残らず、誅殺すべきではありませぬか」

これに対し、如水は笑いながら言った。

「敵はわれを悩まし、われは敵を悩ましている。あいこではないか。これは戦場の慣わしでもある。富来の将兵が、頑強に抵抗すれば殺さねばならないが、すでに降参し

た者まで殺す必要はない。これを殺すようでは母里太兵衛、名将の名折れとなるぞ。城兵を自由に去就《きょしゅう》させてやり、そのうちこの如水に仕える者があれば、先陣に加えるまでだ」

如水はむかし、太兵衛と栗山四郎右衛門を義兄弟にしたとき、このような教えをしていたのだった。

（黒田如水に従ってきて、本当によかった）

母里太兵衛は、生涯、如水を主人として仰ぎたいと改めて思うのであった。

次いで安岐《あき》城に一撃を加え、大友軍の囲んでいた杵築《きづき》城を攻めた。杵築城は丹後宮津城主・細川忠興の支城である。

この城を守っていたのは、細川家の勇将・松井康之《まついやすゆき》と有吉立行《ありよしたつゆき》の二人であった。大友軍が襲来して風前の灯火となり、松井・有吉の両将もこれまでと諦めかけたとき、九月十二日、如水軍が杵築城に到着するという情報に、義統らは立石《たていし》城へ引き揚げた。

落城の危機を脱した松井・有吉の両将は如水との約束どおり、およそ二百の軍勢を率いて大友攻め如水軍に加わった。

立石城は杵築城から約六里ばかり離れたところにある。

城の北方になだらかな傾斜地がある。土地は磽确《ぎょうかく》（石の多い痩せ地）であり、むかしから世人は、石垣原《いしがきばる》と呼んでいるところである。立石城にいた義統は、

「この地を、黒田如水と雌雄《しゆう》を決する場所にいたそう」

重臣である吉弘統幸《よしひろむねゆき》と決めていた。

いまや遅しとばかり、大友一族で家老の吉弘統幸が先陣に、加判衆《かばんしゅう》（執政に参加する人）宗像鎮続《むなかたしげつぐ》が中軍となり待ち構えていた。

そこへ如水軍の井上九郎右衛門が真っ先に駆け付けて、吉弘統幸・宗像鎮続の勇将を討ち取り優勢になっていた。やがて如水本隊と母里太兵衛も到達した。

「殿、お願いの儀がございます。義統どのはわが義兄、降伏するよう、いま一度説得させていただきとう存じまする」

石垣原に到着すると、太兵衛が如水に言った。

「それはよいことである。血は水よりも濃いというが、そなたの妻も中津でさぞかし、心配していよう。許す、軍使として立石城へ行くがよい」

如水の本陣・実相寺山《じっそうじやま》から立石城までは約二十四町（約二千六百メートル）くらい離れていた。それを太兵衛は、馬一騎だけで立石城へ出かけて行った。

「義統どの、昨日で如水軍の強さは嫌というほど分かったはずでございましょう。如

水は言っておりまする。戦場で相まみえるは戦国の習い、しかも私怨のための争いでないから義統どのを殺すのは情のうえでも忍び難いと申しております。それがしも姻戚ゆえに、貴方を死なせたくないのです。どうか、その辺のところを十分におくみおきいただき、重臣の方々とご相談ください。もし、こちらの申し出を受けてもらえば、如水は自分の軍功に換えてでも徳川家康公に申し出て、義統どのが恙《つつが》ない（悪意はないとして）ことを申し上げ、身の立つようにしたいと言っておりまするのでご安堵ください」

と言って、立石城を後にしたのである。

太兵衛が帰陣した後、義統は重臣たちを集めて相談した。

「予は豊臣秀頼公の恩恵により、再び旧領をたまわり、幸いお主らの力で挙兵することが出来たが、武運つたなく、昨日、如水軍のために敗北した。そのために、再建計画が頓挫した。城内の士卒も大半が逃亡し、いまは戦わんか、降伏するかの瀬戸際に立たされている。予は降伏してもよいと考えているが、諸氏の意見を聞きたい」

義統は苦渋の選択を迫られているようであるが、降伏したい様子である。

「義統さまのお考えが、降伏と決まっていたら、それに従いまする」

義統の重臣の一人である田原紹忍《たはらじょうにん》（親賢《ちかかた》）は真っ先に賛同した。本心は、義統と太兵衛の義兄弟を戦わせたくなかったのである。紹忍は心優しいところがあった。しかし、のちに彼は臼杵城に入り、まもなく戦死している。

紹忍の意見は他の重臣の心を動かし、降伏賛成が多かった。

しかし、恵藤又右衛門《えとうまたえもん》と阿賀利弥平《あがりやへい》両人だけは降伏に反対で、戦闘の継続をいいだした。又右衛門が言うには、

「大友家は、能直《よしなお》公以来、武威赫々《ぶいかっかく》たる名門である。先年、朝鮮において小西行長を救済しないことで臆病者の誇りを受けて、汚名を蒙った。いままたわずかの戦闘に敗北したからと言って、たちまち如水の軍門に降ってしまえば、われらは後世まで卑怯者扱いをされるであろう。しかるに、今日の計は一死をもって、面目を全うすることである」

武家の面目を果たすには、討死しかないという考えであった。

「恵藤と阿賀利の意見も聞くに値《あたい》するが、予の思いは変わらない。母里太兵衛は予の義弟である。悪いようにはしないであろう。彼の説得に応じるのだから、誰か予の名代として如水の陣営に行き、太兵衛に降伏すると伝えてくれ」

と、義統から命ぜられたものの、使者は如水の陣営の間をうろうろするばかりで、降伏の意思が伝えられない。そこで義統は紹忍を特使にして、

「義統の意思は、降伏と決定しているのだが、白昼、敵に顔を見られるのが恥ずかしいらしい。願わくば薄暮まで待っていただきたい」

紹忍は如水に哀願した。如水や太兵衛がこれを許さぬはずがなく、了解を伝えた。

夕刻、義統は剃髪《ていはつ》し、染衣《そめい》（黒染めの衣装）に身を固めて従者十余人を引き連れて母里太兵衛のもとへやって来た。

「義弟よ、貴公の勧誘に応じて、降服したい」

義統は初めて、母里太兵衛を妹婿と認めたのである。

いみじくも、徳川家康と石田三成が関ヶ原合戦をはじめ、三成が敗北した日の慶長五年九月十五日のことである。義統はのちになって、徳川家康から常陸宍戸《ししど》に流され、この地で病没した。五十三歳であった。

如水は時を移さず、再び安岐城を攻めた。

城主の熊谷直盛《くまがいなおもり》は美濃大垣《おおがき》城に籠城しているとき、肥後国球摩《くま》一郡を支配する相良《さがら》頼房《よりふさ》らによって東軍へ寝返る証《あかし》として殺害されている。城代・熊谷次郎助はすでに討死していたので、直盛の叔父・外記《げき》が指揮を執って城を守っていたのである。

外記と如水の家臣・馬杉《ますぎ》喜右衛門《きえもん》一正《かずまさ》は、ともに如水の妹婿である一柳直末に仕えたことがあったので、喜右衛門に命じて安岐城の外記へ矢文を打ち込み、降伏を勧告させた。

「いまや安岐城は孤城に変わり果て、防戦の手立てすらありませぬゆえ、如水どのがお勧めに従い、降参いたしまする。その代わりと言えばなんですが、それがしが切腹するゆえ、城兵の助命の儀お願いもうす」

外記は潔く切腹するので、城内の士卒を助けろと言う。

如水は熊谷外記の心意気に感動し、次のように母里太兵衛に伝えさせた。

――わしが安岐城を囲むは、人を殺すためではない。ただ黒田軍に刃向かう者は討ち果たすだけのことである。もし、真剣に降参しようと思うのなら単に城兵のみならず、外記どのも赦免《しやめん》したい。また如水に仕えるもよし、また如水に仕えたくなければそれもよし。とにかく本人の意思に任せる。その場合、資材・什器《じゆうき》の持ち出しは制限しない――

安岐城代の熊谷外記は、如水の計らいに感謝し、城兵の大半を如水に属させたのち、外記自身は、如水の厚意を辞して上方へ旅立っていった。

(殿は、いつも人命を大事になさる。やはり、キリシタンのせいであろうか)

天正十四年ごろ、太兵衛は官兵衛からキリシタンにならないかと誘われたことがある。

「それがしは無宗教でございます。ただ、自分の先祖、つまり血すじだけは大事にいたそうと思いますので、仏壇や墓は大事に祀っております。殿のお勧めではありますが、お断りするしかありませぬ。ご容赦ください」

太兵衛は自分の意思を伝え、相手が主人であろうとも、妥協することはなかった。

「そうか。宗教だけは入信を強要することは避けたいと思う。わしは何も気にしていない」

官兵衛は笑って、太兵衛の選択を嫌がる様子はなかった。

如水の入信は、それより三、四年前のことであろうが、ドン・シメオンという洗礼名をもっていた。筆者は天正十一年（一五八三）ごろと推定したい。

こんな話がある。フロイス『日本史』の一節を引用する。

黒田官兵衛は戦場で、二人の修道士を時間の許すかぎり自分のもとに置いて、まるで実子であるかのように、寝食の世話をしていた。そのころは寒い日が続いたが官兵衛はその修道士たちに、自分の寝具をかけてやったりしている。

また、できるだけ修道士たちに付き添って権威付けしようとし、家臣たちにはできるだけ説教に参列するように指導した。官兵衛は主君である立場を忘れるようにしながら、修道士に特別の教理の話をしてくれることを望んだ。

それが、たとえ夜中になってもである。彼はその際、疑問点は徹底的に質問し、回答を得られれば心から満足して喜んだ。

さらに、デウス（神）に頼み事をする方法とか来世において天国や地獄があるのか無いのかを訊ねた。彼はこのような重大な問題はまったく知らなかったからであった。彼は修道士から教えを受けることを喜んでいたのである。

彼は毎朝、洗顔の後、自分を待っている家臣団と談話するに先立ち、祈るためにコンタツ（ローマ教会の数球《じゅず》）を求め、跪《ひざまず》き、両手を合わせ、まだ「パーテル・ノステル」も「アヴェ・マリヤ」の祈りも知らなかったが、ゆっくり注意深く、まだ不慣れな手つきで十字の印をし始めるのであった。

このように祈りを続けていったが、それは真心のこもったもので、その信仰と信心は一同に感銘を与えずにはおかなかった。祈り終えると、頭と両手を床につけ、ひれ伏してデウスの前に感謝を捧げた。

彼はそうした行為をいささかの気負いも不自然さもなく行なった。そして、その後、ただちに戦の諸事について協議し始めたが見事に処理、判断、思慮をもってしたので、その目撃者にも少なからぬ感銘を与えた。彼は時に四十歳を越えていたであろう。

　このように黒田官兵衛は敬虔《けいけん》なキリシタンであったが、母里太兵衛は彼を尊敬し、好きで仕方のない人物であった。生涯、彼に仕えようと思っているのだが、神や仏を頼る信仰だけは、人間の弱さを曝け出すようで嫌であったようである。

関ヶ原合戦

一

徳川家康が、石田三成を真剣に誅伐しようと考えたのは、三成が黒田長政ら七将に襲われて、伏見にいる家康を頼ったときからである。

（三成は必ず挙兵する。それを正々堂々と誅伐する）

そうしたいのが狙いであった。家臣の中には、いまが、よい機会だから三成を殺すべきだという意見もあったが、家康は応じることはなかった。

先に述べたように、家康は三成を佐和山城に封じ込め、嫡子・重家《しげいえ》を人質同然にとって形式的に家督相続させた。その後、家康は大坂城西の丸に入っているが、石田重家を伴っていた。重家は明らかに人質である。

当時、大坂城には人質が勢揃していた。その数、数えられないくらいであった。そんな中で不満満々の人物もあった。その代表的な人物が名島《なじま》城主・小早川秀秋である。

小早川秀秋は、秀吉の正室・北政所（高台院《こうだいいん》・於禰・ねね）の甥である。天正十年（一五八二）、ねねの兄・姫路城主・木下家定《きのしたいえさだ》の子として生まれた。三歳のとき、秀吉の養子となり大事に扱われていた。もちろん叔母が養母ゆえに、将来は秀吉の跡取りくらいの期待はしていたはずである。

ところが、側室淀殿に鶴松（夭折）に次いで、拾丸（豊臣秀頼）が生まれると、急に秀秋に冷淡になり、あげくは文禄三年（一五九四）、小早川家の養子として追い出された。

かつ慶長の役のときのことである。黒田長政と連絡をとり合い、明軍を挟み撃ちし、散々に痛めつけたのである。逃げる明軍に若い秀秋は興奮して、家臣たちに追撃を命じた。秀秋自身も合戦に参加しようとする。これを近くで見た加藤嘉明が、

「それはなりませぬ。大将にあるまじき振る舞いですぞ」

と、止めたのだが、秀秋は言うことを聞かない。

いきなり鐙《あぶみ》で馬の腹を蹴って、乱軍へ飛び入り、敵を刺殺した。

そして明兵十三の首をぶら下げて帰ってきた。多少無茶なやり方だったので、名護

屋の太閤秀吉に報告されたのである。

だが、慶長三年三月、宇喜多秀家・長門長府城主・毛利秀元らを従え、意気揚々と凱旋した。若い秀秋は太閤秀吉から激賞されると期待していた。ところが太閤秀吉は案に相違して秀秋に注意を与えたのである。

「総大将なのだから軍勢を指揮すればよく、お前はその任務を捨てて士卒とともに敵兵と闘ったというではないか。それでは指揮官失格である。もし敵兵が後ろへまわり、釜山《ふざん》の陣営を占領したらどうするつもりだった」

と戒められたが、秀秋は若いだけにむかついた。他の大将であれば引き下がるところであろうが、北政所の甥であり養子でもあった秀秋は、太閤秀吉に向かって、

「そのような愚にもつかぬことを誰が申したのでしょうか。その者に会ってとくと話し合ってみたいと存じまする」

軍目付は石田三成の支配下にあり、この件は、三成あたりから報告されたと信じている秀秋だったので、太閤秀吉をいっそう不機嫌にさせ、座を立たせてしまった。しかし秀秋は動こうとしない。奥へ引っ込んだ秀吉を待っているのであった。

秀秋は子のない秀吉に三歳で養子になり寵愛を受けている。まさに、蝶よ花よと育てられたので、太閤秀吉に対して甘えの気持ちも湧いていたのである。

しかし文禄二年（一五九三）に、秀吉の実子が生まれてからは養子・猶子たちに冷たくなった。秀秋などは太閤秀吉の後継者と思い込んでいたが、秀頼が誕生して間もなく、小早川隆景の養子に出された。要するに豊臣家の邪魔者扱《じゃまものあつか》いにされて、追い出されたようなものである。それについても秀秋は不満たらたらであった。

秀秋の傅役《もりやく》（補佐役）である加賀大聖寺《だいしょうじ》城主・山口正弘が秀秋を必死に宥《なだ》めるのだが、頑として動こうとしない。たまたま、そこに徳川家康が通りかかり、

「何事か、よくは分かりませんが、ひとまず屋敷へ引き上げることが大事のようでござる」

家康は経緯《いきさつ》を十分に心得ていながら、知らない素振りで秀秋を宥めすかしている。タヌキ親爺と言われるようになったのは、このころでなかろうか。

秀秋が屋敷へ帰って数刻後、秀吉のもとから豊臣家の奥向奏者《おくむきそうしゃ》・孝蔵主《こうぞうず》がやってきて、

「筑前国五十二万二千五百石から越前国十六万石に国替をしてくれと、太閤さまは申しておられまする」

「尼さん使者をよこして、武将のそれがしに国替を命ずるとは、すこし軽々《かるがる》しいのではないのか。越前へ行けというより、切腹を命じられた方がましである」

かなり苛酷な刑罰なので、秀秋はかんかんになって怒るが、太閤秀吉が決めたことはどうにもならず、結果的には家康の説得もあって越前へ国替となった。

しかし慶長三年八月秀吉が死に、翌年、家康の政敵である前田利家が死ぬと、家康は形式的に五大老と相談のうえ、秀秋を越前から筑前に戻したのである。

関ヶ原合戦の前年、慶長四年のことであった。

徳川家康にとっては、小早川秀秋に恩を売ったひとこまである。のちの関ヶ原合戦に秀秋が裏切ったことの遠因となる。

天下分け目と称された関ヶ原合戦で、表で目立ったのは福島正則であるが、裏工作をして家康を勝利へ導いたのは、黒田長政であった。東軍が勝利したときに、論功行《ろんこうこう》賞《しょう》が黒田長政の五十二万三千石に対して、秀吉の縁戚であり表立って貢献度の高い、福島正則は四十九万八千石と、差異ある禄高がその証拠になろう。

ところで長政は、当初から家康の懐《ふところがたな》刀的な役割を担っていた。

関ヶ原合戦前夜、大坂城は、人質事件といろんな不満が充満していた。人質事件は、母里太兵衛らが命がけで救助した黒田如水の妻であり、黒田長政の妻であるが、石田三成に衝撃を与えたのは細川ガラシャの自害などでなかろうか。大きな不満を抱えていたのは、小早川秀秋であった。

秀秋は三成の讒言で、秀吉に処分されたと信じている。

それに自分は秀吉の猶子であり、たとえ血は繋がっていなくとも、秀頼の義理の兄にあたる。

こたびの合戦は秀秋が大将になるのが当然である。それを差し置いて三成が大将である。

（石田三成は、幼君秀頼の威を借りて、天下を盗ろうと考えているに違いない）

そう信じている秀秋であった。秀秋の心は穏《おだ》やかでない。しかも戦う相手が恩人である徳川家康であった。

小早川秀秋は黒田如水とは心を許し合う仲である。

秀秋が出陣する直前、如水の縁者（如水の姪婿であり、長政とは義理の従兄弟）である家臣の平岡頼勝《ひらおかよりかつ》を使者にして如水に連絡をとっていた。如水からは息子長政に知らせて、秀秋の心情を徳川家康に知らせていた。

つまり秀秋は、最初から石田三成に与《くみ》する意図などまったくなかったのである。

西軍の伏見城攻めのときである。このとき秀秋は伏見城に使者を入れて、

「この小早川秀秋は徳川家康どのには年来、懇ろにして貰っている。予は八千の兵を率いているが、これで伏見城へ入り、共に籠城しようと思うが、如何か」

秀秋は、石田三成と敵対してもよいと言っているのと同じ言葉であった。

伏見城将であり、家康屈指の老臣・鳥居元忠《とりいもとただ》は律儀な男であり、戦前に、徳川家康から暗に籠城して死ねと言われている。これを守り通したいのである。

「先だっても、薩摩の島津義弘氏から同様の申し出があったが、不審に思い、仔細《しさい》あってお断り申した。それにこの城は大軍を支えることが出来ず、城と運命をともにして討死したいと存じている。いま貴殿が籠城して犬死にするよりも、後日、家康と志を同一にしていただきたい」

と、元忠が断ったので、やむなく秀秋は伏見城攻撃に加わったのである。

ところで黒田長政がどんな活躍をしたかと言えば、内部工作に終始している。つまり西軍に属している諸大名に戦わないか、裏切って東軍に味方させる工作であった。要《かなめ》にいる連中を説得するのである。

二

『三将伝』が伝えている。毛利秀元《ひでもと》は元就の四男の長子で、毛利輝元の養子となり、朝鮮の役には輝元の代理として参陣している。

しかし、輝元に実子・秀就《ひでなり》が誕生したので、別家して防長二国を与えられた。その秀元は大坂にいるとき、三成の謀議を耳にして不満を抱いていたのである。

そんな折、懇意にしている黒田長政から返り忠《かえりちゅう》（寝返り）の誘いがあったことを思い出し、家臣二人を関東へ送り、密書を黒田長政に渡している。その密書の内容はこうであった。

「このたび毛利輝元と毛利秀元は心ならずも大坂方の催促に応じているが、これはわれらの、本意とするものではない。願わくば返り忠の所存であるから、貴殿から徳川家康公に伝えてもらいたい」

輝元も秀元もはじめから石田三成に味方する気はなく、いつでも裏切ることを意思表示していたのであった。

輝元の従兄弟にあたる出雲富田《とだ》城主・吉川広家《きっかわひろいえ》の場合、特に、安国寺恵瓊のことが人間的に嫌いなので大坂城より出発を遅らせていた。

広家は輝元とは従兄弟同士のためなので、上坂《じょうはん》したものの、戦う相手が徳川家康とすれば彼とは昵懇《じっこん》であり、その家臣とも親交があった。

慶長五年七月十四日に黒田長政にも書を送り、同日、館林《たてばやし》十万石領主で、家康の重臣・榊原康政《さかきばらやすまさ》に宛てて手紙を書き、自分の苦況を述べている。

ときに徳川家康と石田三成が関ヶ原合戦で、決戦を行うのは慶長五年九月十五日であるが、筆を小山《おやま》（現・栃木県《とちぎけん》小山市《おやまし》）の陣に転じたい。

徳川家康が七月二十日に江戸を出発し、七月二十四日に小山の陣に到着したが、家康は西軍に伏見城を攻略されたことをすでに知っていた。

伏見城の攻略は七月十四日であるから、鳥居元忠の家康への通報は相当早かったものと想像する。ちなみに、伏見城が陥落したのは八月朔日《ついたち》である。

七月二十五日、家康はまず譜代の将士に石田三成が挙兵したことを知らせ、どのような方策をとればよいのか相談を持ちかけた。すると、関東で一万石を領する家康の重臣・本多正信《ほんだまさのぶ》が、

「会津征伐に参加しております豊臣恩顧の諸将は三成に人質を取られ、妻子の安否を心配しておられると存じまする。この際、これらの諸将は領地に戻して安堵させ、その上で徳川譜代の諸将で箱根の峠を堅く守らせ、敵の来襲を待ちましょう」

真っ先に発言した。正信が望んだものは、江戸城籠城戦である。

「天の与うるを取らざれば反《かえ》ってその咎《とが》を受《う》くといいます。徳川氏が天下を取るのは、まさにこたびの動きの一つにかかっていると存じます。すみやかに全軍を返して、国内を統一すべきでありましょう」

家康の重臣中の重臣で、上野で十二万石を領する高崎城主・井伊直政《いいなおまさ》が逆に攻撃戦

に向かうべきだと言う。家康はこの意見を聞くと大きく頷き、会津征伐の豊臣恩顧の諸将を集めて会談を開いた。

前日の夜、家康は山内一豊《やまのうちかずとよ》の妻千代から上方で争乱が起こったことを詳細に知らされていたのである。鳥居元忠の知らせより三日早かったという。

「石田三成・大谷吉継らは上杉景勝と共謀して、毛利輝元・宇喜多秀家らを誘い叛乱し、諸士の妻子を捕らえて人質にしたということじゃ。諸氏のうち、三成らを援けようとする者があるならば、よろしくこの場より立ち去られたい。家康、いささかも恨むことはござらん。ご随意になさるがよい」

さすがにタヌキ親爺である。人の使い方も心得ている。

最初から頼むから味方になって欲しいと言われれば、人は考える余裕がある。しかし、たとえ味方しなくても恨まないと言われれば、是非とも味方にしてくれと言いたいのが人情である。

最初に意見を出したのが上杉義春《うえすぎよしはる》である。豊臣秀吉の馬廻衆として名護屋城に在陣して秀吉に貢献している。

「妻子を大坂に置いたのは故太閤殿下の幼君・秀頼公のためであり、三成らのためでない。いま横合いからこれを奪うというのは、三成のよこしまな考えによる。妻子を棄てても内府・徳川家康どのをたすけようとも、われらに何の誤りがあろうか」

義春が得々と鼻を蠢《うごめ》かして言った。目立つのが好きらしい。

内府とは内大臣のことで、家康の官職のことであった。義春の意見を聞いて真っ先に手を揚げたのが福島正則である。

福島正則は大政所《おおまんどころ》（秀吉の母）の妹の子で、秀吉の従兄弟に当たり、加藤清正らとともに秀吉子飼いの武将であった。いまは、尾張清洲二十四万石の太守でもある。豊臣恩顧の大名の中でも、一番発言権は強い。

「家康公が幼君秀頼公に対して太閤どのの遺命を守るというならば、願わくば、われら家康公のために先駆けして石田三成を誅滅いたしましょう。この際、妻子のことは忘れましょうぞ」

正則が言うと、黒田長政以下十余人が同時に頷いた。ただ、美濃岩村城主の田丸直昌《たまるなおまさ》だけは反対に回って席を立った。

だが、家康がもっとも懼れていたのは、福島正則であった。

家康は評定終了と同時に黒田長政にたずねた。家康は用心深い人間で、譜代の重臣以外は心を許さない。

ましてや豊臣恩顧の客将《きゃくしょう》などに心許すことはなかった。だが、黒田長政だけは違うようである。姪婿というだけでなく、実の息子のように接している。性が合うのかもしれない。

「福島正則は豊臣とは縁戚の間柄、こたびは豊臣方につくことはなかろうか。敵に回ることはなかろうのう」

家康は黒田長政に訊ねた。

「小山で申したとおり、正則どのは、家康公のお味方をするでありましょう。以前のことですが、それがしからも、内府に味方するほうが得策と申しておきましたし、もし、石田三成に心傾くようなことがありましても、われら理を尽くして諫めまする。第一、正則どのと石田三成はよからぬ間がらでありますので、仲間になることは絶対にありませぬ」

「左様であるか。ときに長政どの、おぬしに頼みたいことがある。それは毛利方の内応に努めて欲しい。これは以前にそなたに頼んでいることではあるが、毛利の親戚が一丸となって、予に向かってくれれば、予もかなり痛い」

珍しく家康は、長政に泣き言を吐いた。西軍総大将の毛利輝元はともかくとして、毛利秀元・吉川広家・小早川秀秋などが、味方になるか、参戦しないでくれることで大いに助かるのである。

「この長政にお任せあれ」

長政は胸を叩かんばかりにして、引き受けたのである。

(長政ならば、大いに期待できる)

家康は長政の自信に満ちた笑顔に応じるように、顔の表情をゆるめた。

しかし家康は、豊臣恩顧の諸大名を信じ切ってはいなかった。

山内一豊が掛川城を家康に提供したのをはじめ、有馬豊氏《ありまとようじ》が遠江横須賀城を、堀尾《ほりお》忠氏《ただうじ》が浜松城を、田中吉政《たなかよしまさ》が岡崎城・西尾城を、福島正則が清洲城をそれぞれ提供したにもかかわらずである。

「予は八月四日まで小山の陣にとどまり、上杉景勝に対して備える」

と、客将の西上を見送っただけである。

家康は軍備が整うと八月五日、小山から江戸へ向かった。

このとき、黒田長政は内応勧告をすでに行なっている。毛利一族の吉川広家に対して内応するようにと、書簡を送っている。

清洲に集結している豊臣恩顧の武将たちは、いらついていた。

家康が一向に動く気配を見せなかったからである。

それだけに仲間同士の喧嘩まで飛び出す始末であった。例えば、池田輝政は家康の娘婿であった。家康の次女督子の夫だった。それだけに家康贔屓である。

当然のように家康の肩を持つ。それが口うるさい正則と激しい口論をすることがあった。これを家康がもっとも信頼する井伊直政と上総大多喜城主・本多忠勝が何とか取りなしていたのである。両人は、東軍先鋒の軍監に任じられていた。

八月十九日の夜、家康の重臣の一人である、駿河葛谷《くずや》城主・村越直吉《むらこしなおよし》が東軍が集結している尾張の清洲城までやって来て、客将たちに言った。

「長々のご在陣ご苦労に存ずる。生憎、家康は風邪のため、出馬ができなくなりました。誠に残念でござるが、いま暫く、延引《えんいん》してほしいとのことでありまするが、如何でございます」

直吉は客将たちの反応を探っているような目つきであった。家康はわざと遅延しているのである。

「風邪をひいたなどと嘘を言うものでない。家康どのは豊臣恩顧のわれらを試しているのか、もしくは三成ごときに怖じ気づいたかであろうか、内府は劫《こう》の立替《たてかえ》をなされた」

劫の立替とは、囲碁において、わざと石を棄てて敵に取らせること。つまり、われわれは捨石にされるのではないか、と疑ったのである。

福島正則は小山評定で客将たちに颺言《ようげん》（強調）して家康に味方しようと言ったこともあって、

「これほどまでに、われらを待たせておき、ご出馬がないのは、納得のいかないことでござる」

不満たらたらであった。すると加藤嘉明が、感心したような声を出し、

「さすがは内府どのじゃ。われらが思いつかないことを教えてくれたのじゃ。いたずらに内府の出陣を待ちあぐねて、無駄な時間をすごしたのはわれらの不明だったわい」

この嘉明の言葉に続き、黒田長政が言った。

「われらは内府に味方すると言いながら、何の証《あかし》も見せていない。風邪はともかく口だけでなく、われらが敵方の城を二つ、三つ落としてから、わしらに二心ないことを、内府に示そうではないか」

長政は一座を見回して、大きな声で言った。

「同感、同感でござる」

一座に名を連ねる者が、次々と声を上げた。

そのころの八月十七日付けで、黒田長政が吉川広家に一通の書状を認めている。広

家から、次の書状を受けたからである。

――毛利輝元の大坂城入りは石田三成から無理に懇願されただけで、他意はない。

これを長政が家康に提示すると、家康は満足そうに言った。

「毛利の一族も黒田長政の策謀には、たじたじのようだのう。おぬしから広家を安堵させてやれ」

この言葉を受けて、長政は次のような趣旨の書状を認めた。

――ご内意のとおり、内府に申し上げたところ随分とご満足のようでした。このたびのことは毛利輝元は預かり知らぬことで、安国寺恵瓊一人の才覚によるものであると、内府も承知しておられる。このうえは、輝元に申し聞かせて内府と懇意にされるように画策なさるがよいと存ずる。

ときに豊臣恩顧の諸将たちは、徳川家康に真剣に味方していることを示そうと岐阜城と犬山城を陥落してみせようと清洲城を出発する。

先に、岐阜城を攻めることになったのである。八月二十二日のことである。

岐阜城攻略は木曽川の上流と下流の双方から進んだ。上流・河田《こうだ》から渡ろうとするのは、三河吉田城主・池田輝政、浅野幸長《あさのよしなが》、山内一豊、堀尾忠氏、一柳直盛、戸川達安《とがわみちやす》であった。達安は宇喜多秀家の家臣・侍大将であったが、キリシタン問題で秀家と対立し、秀家から追放されていた。上流を渡る軍勢は、およそ一万八千人であった。

下流の起《おこし》の渡場から渡った軍勢はおよそ一万六千であり、士卒を率いる部将は、福島正則、黒田長政、細川忠興、加藤嘉明、伊予板島城主・藤堂高虎、京極高知《たかとも》、田中吉政、生駒一正《いこまかずまさ》、蜂須賀豊雄《とよかつ》（のち至鎮《よししげ》）、井伊直政、本多忠勝らであった。

清洲にいるとき、福島正則と池田輝政が先陣争いをして、井伊直政・本多忠勝が仲介し、福島正則が先鋒と決まっていた。

ところが結果的にであるが池田輝政軍が岐阜城攻撃が早かった。それもそのはずである。天正十三年（一五八五）に岐阜城主になっていたのだった。

まずは自分の庭を歩くようなものであった。出来れば、福島正則に先陣の軍功をあげてもらいたくなく、自分が先陣なりと言いたいのである。福島正則に皮肉を言われても、痛くも痒《かゆ》くもないと思っていたのであった。家康の娘婿であるということが、彼を強くしているのかもしれない。輝政は岐阜城の本丸に近づくと本丸に放火し、火薬庫が爆発して、城兵が数人怪我をした。輝政は、すかさず旗を門に投げ込み、

「池田輝政が先陣なり」

と叫んだ。この時代、先陣の功績は武将の誇りであったのである。浅野幸長がこれ

に続いた。

岐阜城の城主は織田秀信《ひでのぶ》であった。彼は織田信長の嫡孫で、信忠の嫡子である。天正十年、祖父信長を本能寺の変で失い、父信忠をも死なせている。

幼名を三法師《さんぼうし》と言った彼は羽柴秀吉に利用されて実権のない信長後継者にされた。秀吉の天下となると、三法師は秀の字を上にして、秀信と名乗らされたのである。柴田勝家はそれを見越して、賤ヶ嶽合戦を起こしたむきもないではないが、秀吉に負けたのだった。

天正十八年（一五九〇）ごろ、岐阜十三万石の城主となった。はっきり言って秀吉には邪魔者となっていたのである。

今年、秀信は二十一歳であった。

輝政が先鋒に成功したと思った拍子に、切腹しようとする秀信を抱き留め、重臣の木造《こづくり》具政《ともまさ》と百々《どど》綱家《つないえ》が降伏するように勧めたので、秀信は塀の上から笠を振って、輝政と浅野幸長に降参した。慶長五年八月二十三日のことである。

秀信は輝政らの保護のもと、剃髪して高野山にのぼり、翌年、病気で死んだ。東軍が岐阜城を落とすと、岐阜城から北西六里ほどはなれている、尾張犬山城（城主は石《いし》川貞清《かわさだきよ》）は、いとも簡単に降伏している。

三

徳川家康が、岐阜城が落城したと勝報を受けたのは八月二十七日である。そして二万五千の軍勢を率いて、九月一日に江戸城を出発し、十一日に清洲城に入り、三日ほど逗留《とうりゅう》して、十三日には岐阜に向かい、九月十四日の昼には赤坂《あかさか》（現・大垣市北西部）に到着し、岡山《おかやま》（現・勝山《かつやま》）の砦に移った。

この間、黒田長政と小早川秀秋は書状のやり取りはしていたが、長政は秀秋に返り忠するように働きかけをしている。

秀秋の家老・平岡頼勝は長政の義従兄に当たる。長政の母の姉の子であった。かねてより頼勝は長政に対し、秀秋は必ず返り忠すると断言している。

しかし、念には念を入れよである。

「小早川秀秋が味方するというのは、すべて貴殿の才覚である。明日は必ず合戦になるはずである。秀秋へこの旨を知らせてやるがよい。余分なことであるが、貴殿より頼りになる使者を二人ばかり遣わせて、明日の合戦の用意をいたして、けっして油断してはならぬと申し伝えてくれ」

家康はまるで、自分の家臣にでも言うように長政に伝えた。

長政もまた、家康の家臣のように応じている。彼らは以前より主従の誓いをしていたのかもしれない。

長政は自分の陣営に帰ると、小身ではあるが心許せる南畑源次と恵良弥六とを選び、秀秋と家老・平岡頼勝に書状を届けた。内容は、言わずと知れた返り忠の催促である。

――必ず、返り忠する。

の返書に、徳川家康とほっと胸を撫《な》で下ろしたのである。

同日、吉川広家の使者からも、長政のもとへ連絡があった。

――われらは南宮山に布陣する。毛利一族の毛利秀元と拙者は、関ヶ原に向かって前面に位置するが、後方の安国寺恵瓊・長束正家・長宗我部盛親の諸隊は、われら毛利一族が一歩たりとも前面に出さぬゆえ、ご安堵あれ。さらに毛利輝元は、石田三成から要請があろうとも一兵も出さず、秀頼公を合戦場に絶対に連れて行かない。

東軍にとって有利な情報を知らせてきたのである。

つまり、決戦当日の毛利一族の戦闘への不参加、小早川秀秋の返り忠が決戦以前に徳川家康と黒田長政にもたらされている。

さらに、藤堂高虎から朽木元綱・脇坂安治・小川祐忠・赤座直保が、決戦半ばで裏切ることも聞いている。家康は関ヶ原合戦は勝ったも同然と喜んでいた。

ところで黒田長政は、家康の家臣となる美濃岩手《みのいわで》城主・竹中重門《たけなかしげかど》とともに岡山の家康本陣を出て、岩手山《いわでさん》の末野《すえの》を進撃した。重門の父竹中半兵衛重治は、かつて長政の父如水と親友であった。長政と重門との結びつきも因縁尽《いんねんづく》の話であった。

前日は大雨に見舞われたが、慶長五年九月十五日は早朝から霧が深いだけであった。まずは東軍の松平忠吉《まつだいらただよし》（家康四男・井伊直政の娘婿・武蔵忍城主）と井伊直政が、先鋒の福島正則に偽りを言って、西軍の宇喜多秀家を襲撃した。

これが関ヶ原決戦のはじまりである。

家康も黒田長政も読みが甘かった。決戦に入れば東軍が早々に勝つと信じていたのである。ところが西軍が強くて旗色が悪い。南宮山《なんぐうさん》を背中に負うような桃配山《ももくばりやま》に本陣を置いていた家康は慌てはじめて陣営を出て、関ヶ原で陣頭指揮を執る。昼ごろであろうか。

そのころ長政は岩手山の間道から出て、横合いから石田三成の家臣・島清興《しまきよおき》（左《さ》近《こん》・一万五千石の領主）の陣営を急襲した。

長政の鉄砲隊が活躍をして、島左近の軍勢が総崩れして、左近も落馬して、のちに討死する。島左近は、関ヶ原合戦では死ななかったという説もある。

ともかく、島軍が総崩れになったことから石田三成の陣営が混戦状態に陥った。このとき、後藤又兵衛（基次《もとつぐ》）や黒田三左衛門（美作《みまさか》）らの活躍が目立つ。

家康は長政に伝令を出して小早川秀秋の現状についてを訊ねた。まだ、裏切っていないのかということが本音である。

「まだ分かりませんが、もしも、内応しないのなら当面の敵を打ち破ってから必ず秀秋を討ち果たします」

長政はこう言って家康を安心させた。家康は口惜しいときの癖で爪を噛んだ。

そこへ家康の銃隊長・布施孫兵衛がやって来た。偶然だが、家康がいいことを思いついた。

「頼みたいことがある。その方の部下をもって、あの松尾山に銃を撃ち込んでもらいたいが如何であるか」

「承知しました」

理由は分からないが、面白かったので孫兵衛が答えた。

孫兵衛は銃士数名を引き連れて、家康の言うとおりに松尾山の小早川陣営へ向けて射撃をはじめた。すると小早川軍は堰を切ったように大谷吉継勢に突進した。このとき、秀秋の重臣・松野重元《まつのしげもと》だけは故太閤の恩顧を思い、秀秋を再三諫めてみたが、聞き入れないので手勢とともに、戦わずして戦場を離脱した。

大谷吉継は秀秋の叛心《はんしん》を知ると見えぬ目で松尾山の方を睨み付け、

「見よ、きっと三年のうちに、必ず今日の恨みを報いようぞ」

小早川秀秋は、慶長七年に二十一歳で病死したが、これは大谷吉継の祟りだと噂になった。吉継は床几に坐りなおして自害したが、家臣・湯浅五郎に介錯させて、四十二歳の生涯を閉じた。

一方、長政は石田三成の本陣に突撃し縦横に戦い、後藤又兵衛らが活躍した。そうこうするうちに、井伊直政や福島正則の先鋒も石田軍に攻め寄ってきたので、石田本陣も混乱してもちこたえられなくなり、三成は、伊吹山の方へ逃亡した。

長政は三成が逃亡した方へ追撃し、伊吹山の中腹まで上って確認したが捜し出せなかった。

西軍の肥後宇土城主・小西行長と備中東半・備前・美作の領主・宇喜多秀家らが敗走したことを知った薩摩・大隅の領主・島津義弘は部下を集めて、

「薩摩隼人《さつまはやと》の名を残すため、われらは玉砕しよう」

と、東軍と戦って全員ともに討死しようと言う。薩摩隼人とは薩摩武士の異称で、古代の隼人の血を引き敏捷《びんしょう》・勇猛《ゆうもう》な点が似ているので、薩摩の男性が使いはじめたという。

ところが義弘の弟・島津家久の子で、日向佐土原《ひゅうがさどわら》領主・島津豊久《しまづとよひさ》が、

「伯父御、今日討死しても、けっして島津家のためでございませぬ。この豊久が伯父御の代わりを務めますゆえ、ひとまず、この場を落ち延びてください」

涙ながらに諫めると、義弘はどうにか納得をして、残兵五百余人を率いて正々堂々と徳川方の本陣の前を横切り、南宮山の山麓にある伊勢街道に向かった。

後世では敵中突破などと讃えるが逃亡したことに相違ない。ただ、正々堂々と逃げたことは讃えるべきであろうか。

井伊直政・本多忠勝らが追撃をするが、義弘は大坂まで逃げ切る。直政は後日死に至るまでの鉄砲傷を受けている。義弘が関ヶ原合戦に消極的であったのは大垣城において家康が江戸より赤坂に到着したとき、石田三成に夜襲を仕掛けようと提案したが三成に断られた一幕があり、義弘は積極的になれなかったという。

急ぐなよ又急ぐなよ世の中を
　定まる風の吹かぬかぎりは

義弘は数回、関ヶ原を去るとき吟じたという。家康は本陣から見て、

「維新《いしん》(義弘の入道名)の働きこそ、われらの目覚ましである」

と怒号して、直政と忠勝らを励ましたと伝わる。

石田三成は黒田長政に攻められて敗北し、伊吹山中に逃げ、二、三日はろくな食事もとらずに襤褸《ぼろ》をまとい、稲穂をかじりながら岩穴に潜んでいたが、三河十万石領主・田中吉政の家臣・田中伝左衛門に探し出されて捕縛されたのである。

小西行長と安国寺恵瓊の二人は、先に捕縛されていたので、三成・行長・恵瓊の三人は慶長五年十月一日、京都六条河原で斬首の処刑をされた。

宇喜多秀家は薩摩まで逃げおおせ、島津義弘の庇護を受けていたが、慶長八年、島津義弘・前田利長の切なる懇望を容れて、慶長十一年に嫡子孫九郎らと八丈島に流罪となった。秀家の正室は前田利家の娘であり、孫九郎は利家の孫になる。正室の豪姫《ごうひめ》は、豊臣秀吉の養女で、前田利家の娘(四女)である。

黒田長政が本戦の終了後、徳川家康の本陣へ行った。すると家康が近づいてきて、

「今日の関ヶ原合戦は勝利した。これも偏《ひとえ》に黒田長政のかねてよりの策謀によるものであり、そのうえ島左近を破り、三成を敗走させたのは手柄として他に比類なきことである」

家康は諸将たちが見ているところで、長政の手を固く握り締めて言った。

そのはずである。黒田長政は、南宮山の毛利一族の毛利秀元と吉川広家が長束正家・安国寺恵瓊・長宗我部盛親らを足止めしただけでなく、毛利輝元を大坂城から一歩も出さず、豊臣秀頼を関ヶ原合戦に出さなかったことが、東軍に与している豊臣恩顧の連中に余計な迷いを起こさせなかったのである。

さらに、松尾山の小早川秀秋に対して再三にわたり、返り忠の勧誘をしているのも長政である。そして繰り返すが、長政とは義理の従兄弟・平岡頼勝を十分に抱き込んで秀秋を説得していた。いま、石田三成に勝利して敗走させている。誰からも文句の付けようがない第一の功労者である。

黒田如水・長政父子と母里太兵衛

一

関ヶ原合戦の裏方《うらかた》で活躍した黒田長政は、筑前《ちくぜん》（現・福岡県）で五十二万三千石の太守となった。小山評定で豊臣恩顧の諸将に石田三成打倒へ導き表方《おもてかた》で主導した福島正則は、あまり評価がよろしくなくて、安芸《あき》（現・広島県）において四十九万八千石である。家康は、毛利一族を不戦状態に導いた長政を高く評価したのであった。とくに、小早川秀秋を裏切りに加担させた行為は過大に評価してもよいと考えた家康である。ちなみに秀秋は、備前《びぜん》（現・岡山県）で五十七万四千石で、五万一千五百石の加封《かふう》であった。

黒田長政が筑前一国五十二万三千石の大禄《たいろく》を貰って、慶長五年（一六〇〇）十二月中津に帰ってくると、父親・如水に得意な顔をして報告した。如水は十二万石の所領であったが、長政はその四、五倍近くの俸禄を得ていたのである。

「こたびの関ヶ原合戦の勝利は、何と言っても小早川秀秋の裏切りでありまする。戦が終わって家康公の本陣へお祝いを述べに参陣しましたところ、家康公は拙者のもとへ駆け寄ってきて、こたびの勝利はすべて貴殿のお蔭でござると固く手を握られて、三度まで押し頂きました」

するとと如水は、にこりともしないで言った。

「内府が頂いたのは、右手であったか、それとも左手であったか」

「右手でございました」

「そのとき、そなたの左手は何をしていた」

（左手で、家康を刺すことも出来たであろうが）

と、徳川家康も殺害できたはずと、如水は暗に思っている言葉を使わなかった。

つまり、長政が貰った五十二万三千石などは目的ではなく、天下が欲しかったと如水は長政に言いたかったのだ。要するに如水は、その目的が違ったので長政の功績を心から喜ばなかったのである。

ところが如水は、変わり身のはげしい男であった。

慶長六年の師走、家康の命令により上坂して家康に会ったのである。

このとき家康は当然のように、関ヶ原合戦のことや如水の九州での活躍を聞いたうえで上方で俸禄もやろうし、官職も与えようと言うと、

「身に余るお言葉なれど、老年でありまする故に、病気がちの身でございます。すでに長政に大封をいただいておりますから、拙者は官禄《かんろく》などに望みもありません。このうえは長政の扶養を受けて、余生を安らかに過ごしたいと存じまする。願うところは身の暇《いとま》をたまわりたく存じます」

このとき、如水は五十六歳であり、家康の六十歳より四歳も下である。老年という言葉を使うことが謙《へりくだ》りすぎであった。

家康は如水の野心を知っていたのであろうか、

「いまの世にいて、古人《こじん》の振る舞いをするとは、そなたのことじゃな」

家康は感嘆とも痛烈な皮肉とも取れる、言葉で言った。

如水は大坂より京都の一条猪熊《いちじょういのくま》の屋敷に入った。京都にも別荘的感覚で、屋敷を持っていたのである。

「如水、京都に現る」

の情報はたちどころに広がり、如水屋敷は訪問客でひっきりなしであった。大名あり、小名・公家衆あり、であった。

熱狂的な支持者は、家康の次男・結城《ゆうき》城主・結城秀康《ひでやす》であった。三日にあげず如水を訪ねている。ある日、山名禅高《やまなぜんこう》（関ヶ原合戦で東軍に加担し、但馬国内で六千七百石を領した・豊国《とよくに》）が訪ねて来た。

「貴殿のもとに諸大名が訪ねてきて、ことに夜間、密議をこらしていると聞きまする。これに世間では疑いの目を向けているようです。特に結城秀康さまは貴殿をうやまい、まるで親にでも接するようにしておいでであるとか。このようなことは徳川家康公はお気に入らぬことでありましょう。内府さまは思慮の深いお方ですから、ひょっとしたら、こちらに出入りしている中に、目付を入れているかもわかりませぬ。ご子息・長政どのは徳川家康公のお気に入りで、恩賞も浅からぬというのに、貴殿がそのようでは長政どののためにもならぬと存じまする。内府さまがしきりにご用心されるのも、皆ご貴殿を恐れられてのことであると世間は申しております。また、醍醐《だいご》・山科《やましな》・宇治《うじ》・その他京に近い所に浪人衆が大勢いるとのこと。これは、貴殿が隠し置かれている人たちと世間では申しています。かえすがえすも、ご勘考《かんこう》あるように願いたい」

これは、徳川家康が禅高の口を借りて言っているだけのことであった。これは家康が直接言っている台詞である。

それが分からぬ如水ではない。

「禅高氏にまずは聞かれるがよい。拙者に家康公を攻め滅ぼして天下を取ろうという考えがあるならば、いとも易《やす》きことでござった。拙者は九州を平定し、残すは島津氏だけになっていた。相談したならば味方してくれると信じている。もし、それがしに楯突《たてつ》くようならば、攻めることもさほど難儀とは思っておらない。そのころ中国路は備前・播磨まで大名たちが皆こちらに来ていて空国《くうこく》でござった。拙者が手勢を率い、肥後半国の主・加藤清正と肥前七郡の領主・鍋島直茂《なべしまなおしげ》を先鋒にして、陸・海の二方から攻め上り、道すがら浪人たちを掻き集めたならば十万を余る軍勢になろう。清正は猛将でござる。拙者の軍配のもとで戦うならば、家康公を討ち滅ぼすことなど簡単でござろう。しかし拙者が老人の詮無きことと思い、せっかく打ち従えた国々を捨てて、こうして上って来たのでござる。それを臆病者たちが噂することを、禅高氏はまともに考えておられるのか。少しは魂あって、金玉《きんたま》（睾丸《こうがん》）をぶら下げた者ならば、さようなことを信ずるはずはござらん。益体《やくたい》もない話である」

如水は扇子で畳をはげしく叩きながら、居丈高《いたけだか》に、誰はばかることなく大言した。

禅高がまだ豊国と称していたときの話である。

有名な臆病者であった。天正七年（一五七九）山陰進出の羽柴秀吉に降り、因幡《いなば》二郡を与えられたが、国人とうまくいかず、領地を追い出されたという歴史があった。

禅高は如水の家康の猜疑《さいぎ》に対するあてこすりと分かったのか、あたふたと逃げ出して行った。

如水の逸話で、家臣に情けの訓戒をしているので紹介したい。

如水は家中に博打《ばくち》を厳禁したことがある。

ある夜、家臣・桂菊右衛門という者が他家へ行って博打を打って大儲けをして、金銀・刀・脇差などを羽織に包んで帰りかけたが、夜も明けてきた。

この道は如水が通る道でもあり、運悪く菊右衛門と如水がばったり出会ってしまった。菊右衛門は酒も飲んでいたので、平伏しながら大声で言ってしまった。

「それがしは、博打場へ行ったのではありませぬ」

如水は聞こえないふりをして通り過ぎた。

あとで菊右衛門は青菜に塩となって、法度をおかしたのであるから、切腹は間違いないとして、家で謹慎していた。同輩たちも切腹に間違いないとして気の毒がっていた。そこへ如水から使者が来た。

「同輩ともども用事がありまする。急ぎ集まるように」

「菊右衛門に切腹の沙汰だ」

みんなは菊右衛門をなぐさめながら出頭すると、如水はそのことにはまったく触れず、居間の庭に竹で垣根を結わえと申し付けた。菊右衛門は安心して、垣根を結っていると、いきなり菊右衛門だけ呼びつけられて、如水が何か話しはじめたのである。

集まった同輩たちは垣根を結いつづけていると、如水は皆をねぎらって帰した。菊右衛門も一緒である。皆が心配して菊右衛門に訊ねた。すると彼は大溜息をして言った。

「殿の言ったことは、絶対に守らねばならぬ。わしは生涯、博打は打たぬぞ」

「殿は、おぬしにどう言ったのじゃ」

「あのことよ。お前はどこへ博打を打ちにまいったのか。わしは誰それの家に参ったと正直に白状した。すると殿は、どれほど勝ったとお訊ねだ、銀にして一貫目以上は勝ったと思います。しかし殿にお会いして博打は法度であることを思い出し、勝った品々をすべて捨ててしまいましたので、正確に、どれほど勝ったのかわかりません。殿ははたと手を打ち、さても大儲けをしたものじゃ。法度はきびしく申し付けているのじゃから、金銀どころでないと品々を捨てたのは正解であった。法度は恐ろしいと思うのなら、今後、法度に背くでない。まこと危ないところであった。法度は恐ろしいと思うのなら、今後、法度に背くでない。総じて、よいことのあとには悪いことがあるものじゃ。勝ったときに止めるのが肝心である。銀一貫目以上といえば、お前の身代にしてもなかなかのものじゃ。この度は許しておく。今後はきっと博打は打つなよ。その捨てた品々を拾ってこい。そして銀に換えて大事に持っておくがよい。無益な物を買うなよ。もしお前が無駄遣いをして貧乏に陥ったと聞けば、きっと法度をおかしたことで処分するぞ。と、このように仰せられた」

菊右衛門の喜びは一入で、その後、真面目に勤めるようになって出世もした。

この話を聞いた母里太兵衛は、如水がいっそう好きになり、主人として崇めているのに間違いないと思うのであった。

長政は家康が命じたとおり、名島《なじま》城に慶長五年十二月十一日に入った。名島城は小早川秀秋の居城であった。ところが大平時には狭すぎるという難があり、長政は律儀な男だから家康の許可を取った。

もちろん、如水にも相談している。

「名島《なじま》城は名城ではござるが、名島から西南二里（約八キロ）ほど離れたところの那《な》珂《か》郡《ごおり》警固《けご》村近くの福崎《ふくざき》という地がよいというので、ここを城地と定めたいと思う。山を利用して城をつくり、四方に堀を巡らせた名城にしたい。長政の先祖が、備前国邑《お》久《く》郡福岡《ふくおか》に住んでいたことにちなんで、福岡城と名づけました」

と、長政は如水や家康の了解を取った。

福岡本城と六端城《ろくはじょう》と呼ばれる支城は、約七ヶ年もかけて完成させている。

だが、元和元年（一六一五）閏六月、江戸幕府の第二代将軍・徳川秀忠が一国一城の制を布いたので、福岡城だけ残して六端城は破却してしまった。創設時には、黒田氏の家老・重臣を重用し、支城の主を据えている。

六端城の城主は遠賀《おんが》郡若松城主・三宅三太夫家義《いえよし》（二千七百石）、同郡黒崎《くろさき》城主・井上九郎右衛門之房《ゆきふさ》（一万七千石）、鞍手《くらて》郡鷹取《たかとり》城主・母里太兵衛友信《もりたへえとものぶ》（当初、一万四千石・のち一万八千石になる）、嘉麻《かま》郡益富（大隈城とも）城主・後藤又兵衛基次《もとつぐ》（一万六千石・一万四千石とも）、上座《じょうざ》郡松尾城主・中間《なかま》（黒田とも）六郎右衛門統種《ろくろううえもんつねたね》（三千七百石・二千五百石とも・小石原城主とも）、上座郡麻氏良《までら》（左右良《までら》とも）城主・栗山善助利安（一万五千石）の六人であった。

ほとんどの者が黒田如水の推した者であり、郡奉行を兼ねている。ただし、三宅三太夫は船手頭であり、中間六郎右衛門の兼務は不明である。大譜代《だいふだい》や古譜代《こふだい》と言われる人たちであった。

母里太兵衛の鷹取城（高取城）について、少し触れておきたい。

この城は、永承元年（一〇四六）に、長谷川吉武《はせがわよしたけ》という人が鷹取山（高取山・標高六三三三メートル）に築城し、その後、少弐頼尚や筑紫上総介などが入城している。鷹取山は福智山（標高九〇一メートル）系の秀峰で難攻不落の山であった。だから鎌倉時代以前から、城地にえらばれていたのである。長政は、慶長五年（一六〇〇）十月、筑前五十二万三千石に移封されて早良《さわら》など十五郡の太守となった。このとき六端城の一つに鷹取城を選んでいる。

城主は母里太兵衛友信で、黒田二十四騎の一人で大譜代《だいふだい》であった。筆者は、黒田如水の推挙であったと思っている。

鷹取城は約七年かかって改修されているが、石垣を中核とした防御《ぼうぎょ》に長じた城である。このときは敵視していた、隣国の細川忠興を意識して造られたものであろうか。

太閤・豊臣秀吉の時代に茶道が大いに流行した。将士は競ってこれを修めた。如水だけはこれを斥けた。そして言った台詞が憎い。

「われその茶道を観ると、半日として必要とするものではない。はっきり言ってこれは必要なものでない。かつ、いまどきの戦国時代に刀を取って部屋へ入って茶道に夢中になるなど、不用なるものである。不用なものは武士に必要としない。ゆえに拙者は茶道に励まない」

あるとき太閤秀吉公が茶道をもって拙者を招いた。拙者は喜ばなかったが、命令なので、しぶしぶ赴いた。すでに太閤は部屋へ来ていた。拙者が膝を進めて太閤に寄っていったが、茶の一つもたてようとしない。拙者が懸念して太閤にたずねると、

「今日のことは誰も知らない。もし、そなたと密談すると言えば、皆が耳をそばだて何を密談するのかと興味津々であろう。だから、そなたに相談したいことがあったので、茶道にこと寄せて呼び出したのじゃ。拙者は茶道の妙用は、ここにあるのかと思い、以来、茶の味わいを知った。そして思った。太閤殿下の用意、臣らの遠くおよぶところにあらずと、これ以来、わしは茶道に夢中になった」

と、如水は母里太兵衛に語ったという。

後に如水は自ら茶法《ちゃほう》を定め、これを茶室の水屋に掲げた。

その文は、次のように書かれていた。

定《さだめ》

一、茶を挽《ひ》き候こと、いかにも静かにまわし、油断なく、とどこおらぬように、挽きまわすこと。
一、茶碗以下、垢《あか》づきさせぬように、たびたび洗うようにいたすがよい。
一、釜の湯、ひと杓《しゃく》くみ取らば、また水をひと杓さすことを忘れるな。また、使

い捨てや飲み捨てをしないように気をつけること。
右は我流ではなく、利休流である。よくよく守るようにいたせ。
そうじて人の分別も静かと思えば油断なり、滞らねばと思えばせわしくなる。おのおの生まれつき何でも出来る得意な人も、また随分と義理固い人でも、よく垢によごれやすくなる。また、親や主人の恩義を一方的に押し付けないことである。とくに朋輩《ほうばい》や家人ともに恩義を感じても当てにしてはならない。その恩義は、はじめからないと思うがよい。それを考えすぎると、ついには神仏の罰を蒙ることになる。右の三か条を朝夕に湯水を使うときに考えるがよい。

これは長政が五十二万三千石の太守になる二年前の慶長四年（一五九九）正月に、如水が書き記したものである。

ともかく、長政は如水に勝る俸禄を徳川家康から与えられたので、その謝礼もかねて日光山に石の鳥居を奉納しようとして重臣たちに相談した。

しかし大石の鳥居を江戸より下野（現・栃木県）まで運搬するのに石工も諸役人も難色を示した。ところが長政が言った。

江戸よりは船一艘に石を載せ、左右に大綱をつけ、空船を両側に添わしてやればよい。陸地は修羅車《しゅらくるま》（石を運ぶ車）に数頭の牛を使って、人の労力を軽減したほうがよい。日光路は黒土であり、修羅が滑って容易に通るまい。厚板を用意して二町ばかり敷いてやる。それを繰り返して修羅車を転がすとよい。そして厚板は鳥居を立てるとき、足代（足場）に使うとよい。

このように長政の細かい指図によって、鳥居運びは成功したのである。すでに両柱を立て、笠石《かさいし》（両柱を支える横の石）を揚げるときに、長政が再び指図した。近辺の市町村から米・麦・蕎麦・大豆等を買い取って、これを積み上げ轆轤《ろくろ》を持って繰り上げて、これを与えると言って、人夫を励ました。

ことが済んだあと、これらの米穀等を無償で配ったならば千人ばかりの人が集まり、重い笠石も楽々に揚げることが出来て、立派な鳥居が献上できたのである。長政は、ぼんぼん育ちである。このような細かいことをどこで覚えたのか、家臣たちは首を傾げて驚いたという。

二

黒田長政は勇猛で戦いのたびに家臣団の前を突進する。これをもって長政に従って戦いに臨む者は、戦いが終わると、はじめて生き返ったような気になるという。

あるとき、栗山備後守利安が如水に言った。

「嫡子・長政どのは毎戦のたびに先頭にあり、身を挺して兵卒を指揮せられる。勇猛はまことに勇ましいものであります。しかれども、このようなことは兵卒がすべきことでありまする。主将の立場を冒してまでは、軍勢の憂いとするところでありまする。老公、機会がありますれば、是非とも、ご指導くだされ」

「それはどうかな」

如水は頭を振って、答えた。

「わしが将として戦えば、たとえ軍後におろうとも、軍の操縦がままならずば長政のように先頭に立ち、努力奮闘するであろう。そうでなければ敵に勝つことはできぬ」

「戦闘に勝とうと思えば、将自ら兵卒を率いて戦わなければならない。いまは黒田家に幸いにも厳君がおるので、たとえ拙者が戦死しようと後顧の憂いはない。これが拙者が先頭になって戦う理由である」

長政は平然と語るのであった。

長政は、父・如水に絶大な信頼を寄せており、如水がいるから先頭に立って戦えるのだと人に語っているのだった。

父も父なら、子も子である。黒田氏の成り立ちは、戦国時代に似合う人たちがいて勃興し、出世したところにある。

長政は家臣たちにいつも柔和に話しかけるが、家臣たちは、長政に対して直諫するばかりか、意見することを好んだ。

後年、如水亡き後、長政、江戸から一年ぶりに帰国して、家老・中老・重臣たちを集めて、江戸での話を自慢げに話した。その話の中でこう自慢した。

「予は観世宗雪《かんぜそうせつ》に謡《うたい》を習っているが、宗雪も、上手になったと、ことのほか誉めてくれている。皆にも謡うて聞かせよう。得意の一曲を謡って聞かせようぞ」

このように前置きをして、もっとも得意とする謡をうたいはじめた。

すると列座の者はこぞって誉め讃えたのである。

ところが鷹取城主・母里太兵衛だけは眼に涙を浮かべ、脇を見て何も言おうとしない。長政は不審に思い、

「太兵衛、どうして黙りこんでいるのか、何か不審がいるか」

長政は鷹取城の築城のとき太兵衛が長政に噛みついたことを思い出して、太兵衛が涙ぐむとは年のせいかと気の毒そうに太兵衛を見た。

「この太兵衛、末は物貰いか、門付けになるしかないと悲しんでおりました」

長政は驚き、それは如何なることかと太兵衛に訊ねる。

「君は思慮・分別がなく、家臣はおべっかを使うものばかりでは、当家の滅亡もそう遠くではありませぬ。そうなれば、われらは浪々の身になって、しまいには物貰いか、門付けになるしかないと涙が出てまいったのでございます。よくよく考えてくだされ。宗雪が謡を上手と言いますのは、殿が大名ゆえでございます。諂《へつら》ったことが御意にかなない、物を多く貰い、徳を得んとすることを殿は真実と思い込んでおるようであります。これは殿のお心が思慮浅く、分別のない証拠でございます」

太兵衛が、これほどのことを言えば、ただではすむまいと一座の者が心配顔をしていると、彼は続けて言う。

「それればかりではありませぬ。ご意見すべき老臣たちが、逆にお追従ばかり言うことは非常に軽薄なことであります。これは、絶対に面白くないことです。伺っておりますと、殿は誑《たぶら》かされているにもかかわらず、ご自身はお悦びのご様子。これを思慮・分別がないと言わずに何と言えば良いのでしょうか。先代の職隆さまや孝高さまより殿にいたるまで一廉《ひとかど》の働きをし、身命を投げ打って御用に勤められたることとなれば未練はないでしょうが、いま天下は太平にて、各々も殿の恩で身上もよくなっているゆえ、敵の攻撃に身構えの心を失っているか、さもなくば殿の軽薄をよしとしない様子でありながら、ともかく殿の御意に叶えばよく、自分さえ一生安楽に送れたらよいという欲心が起こりて、本心を失い、軽薄な状態になっていると見受けまする。ゆえに、このようなことであれば、お家は長続きしないと嘆いておりました」

太兵衛の言葉を黙って聞いていた長政は、突然立ち上がり奥へ入った。

一座の者、みんなが不機嫌になっていた。特に栗山・井上らむかしからの仲間は、太兵衛に向かい、

「その方の諫言にも一理はあるが、今日にかぎって言うことでもなく、今日は殿が帰国した祝いの席である。一座の興を醒ますような言い方をしなくてもよいではないか。おぬしには似合わぬ無骨なことである」

と、よしみを持って意見した。

しばらくすると、長政が一振りの太刀を持って奥から戻ってきた。

そして太兵衛の前に進み寄る。長政は平素はもの柔らかであるが、元来は勇猛な人であるので、怒りのあまり太兵衛を殺すのではないかと、一座の者は息をのんで眺めていた。すると長政は、太兵衛の前に坐り、はらはらと涙を流して、

「その方の意見もっとも至極である。その方の意見と思わず、父如水が生き返り、意見されているようであった。これを喜びとせずに何を喜ぶのじゃ。その方のように意見をしてくれる家臣がいるゆえ、予は政道を誤らず、この福岡も安泰であるのじゃ。

これが長く続くためにも、その方のような忠臣に一人でも多くいて貰いたいのじゃ」

この刀はその方に与えるゆえ、いまいちど祝い酒に付き合ってくれ、と長政は感謝の気持ちになり、大事にしている太刀を惜しげもなく、太兵衛に与えたのであった。

母里太兵衛の性格は生涯変わらず、粗暴で、相手の思惑や周囲の事情など気にしないで、自分の思ったとおりに行動する直情径行《ちょくじょうけいこう》型の人間であった。晩年になると激しさが増した。ただ、十四歳のときに黒田官兵衛から義兄にされた栗山善助（のちの四郎右衛門・備後守利安）の言うことは、生涯素直に聞いたといわれている。

『古郷物語』の中に、こんな話がある。

豊前小倉との境、鷹取《たかとり》（高取）という山に城を築き母里太兵衛を置くと言って、にわかに普請を申し付けた。

この山半分は豊前の内、筑前両国の境、峰切《みねきり》と言いなれた山である。定めて黒田長政が問題がありそうだと予想した。下手をすれば合戦になりかねないとして、侍の一家の者には残らず武具を持たせ、指物を指さぬばかりの連中を連れて普請に出かけさせた。

長政自身が縄張をしたが、太兵衛はこの石垣の高さを二間と言えば三間がよいと言い、三間だと言えば四間、切り立ち五間と言えば十間に好んで、ところどころ倍でも難しく談合が決まらない。

栗山四郎右衛門とか井上九郎右衛門がいろいろと意見を述べるのだが太兵衛は聞き入れない。長政は退屈するのだが、いつものことなので腹も立てずに、いろいろと命令するだけである。いやいや石垣は高いに越したことはないと申したならば、長政が言うには太兵衛が合点すれば、それでよいと言い出した。

この城は長く籠城するわけではなく、対敵の要害だけに必要なだけのこと、ただ安直に築城しておけばよいと言い出した。

すると太兵衛が腹を立て、この城を拙者に預けるとの仰せであれば、ここに廟所を築くくらいの覚悟が必要なのが、武士の大きな望みである。その心意気が必要である。

城は偏《ひとえ》に墓所と考えている。

「ただいま殿様が申されたことは籠城しないとのこと、もし敵が攻めてきたら刃向かいもしないで、ただちに立ち退けと言うことでござりますのか。敵を見て逃げるような城であれば、この太兵衛にはいりません。

黒田家には沢山の家来もいること敵を見て逃げ去る者もおりましょうから、そのような人物を置かれるようにいたしたら如何ですか。拙者は嫌でございます」

と言って自分の陣屋に閉じ籠もってしまった。

普通の殿様ならば、そのまま押し込めて成敗すべきところであるが、長政は腹を立てながらも、

「あれを見よ。栗山は、わしが言ったことには訳があるのだろうと考えているではないか」

「太兵衛の言うとおり、この城に大勢の敵が攻めてきても大事ないように築いておこう。事によれば、細川越中守忠興も大敵である。

黒崎とこの城をそのままに放置しておけば、小倉よりの助勢を得てこの城を攻めるかもしれない。

事態が悪くなれば、軍勢を率いて植木へ出陣いたすが、おそらく細川越中守忠興も人数を出して攻撃の準備をするであろうし、三里とない植木より駆け付けて蹴散らしてやる覚悟である。

一当たりで敵が怯むように城も頑丈に築いておこう。そのとき太兵衛を留守将にしたいと言うだろうが、太兵衛はいつも先陣の右翼に定めているゆえに、この城に置くことはない。

この理も聞き分けずに、訳もなく腹を立てるとは言語道断《ごんごどうだん》だ」

と長政が言えば、栗山が言うには、

「腹立ちは尤もでありましょうが、但馬の悪い癖であります。それがしが呼び出して言い聞かせまするゆえ、今日の所はご機嫌よく縄張りを致しませ。意固地になっている者を相手にするならば殿の値打ちが下がりますので、お取り上げないようになされませ」

と宥《なだ》めてから、太兵衛の陣屋に行き、殿の真意は太兵衛に先手をやらせたいゆえに言った言葉である。今に始まらぬ我儘《わがまま》、老体には似合わぬ言語道断のことだと、したたかに説教した。

すると太兵衛は、拙者を蔑《ないがし》ろにしないご内意ならば、腹を立てる方がおかしい、と思い直したのである。

「それならば謎めいたように言わずに、思ったとおりに打ち明けてほしかった。能力はないかもしれないが、いざ備州《びしゅう》（備前《びぜん》・備中《びっちゅう》・備後《びんご》国の総称）へ先手に罷《まか》り出て、お側近くにいて、先ほどのように敵を見たら逃げようというのかと思って腹を立ててしまったのだが、ただいまのご内意で納得することができた。

それがしが、石垣を高く築き、塀を長く望んだのは三日を五日、五日を七日なりとも攻め崩されず、百人殺すべき敵を二百討ち取らんがためである。

大敵をこの城で防ぎ、日数を持たせてこそ、忠節と思っている。当方にて何万と死ねば、それはけっしてご奉公とは言えない。

それにつき普請を難しく望んだだけのことである。

けっして臆病で申し上げているわけではない。よく承知してもらいたい」

と申し上げると、退却する敵の行為は太兵衛一人の責務ではないと、太兵衛は神妙であると主君が言い、君臣が機嫌を取り戻して縄張りをしたのである。

太兵衛は自分の意見を述べるときには遠慮しないと、黒田長政は母里太兵衛を殊勝で頼もしく思い、涙ぐむのであった。

鷹取城はいまの直方市《のおがた》と、合併で現在はない田川郡赤池町の境界にあった。標高六三三メートルの鷹取山上に位置し、三つの曲輪からなっていた。この山上に築城したのは、永承元年（一〇四六）ごろと言い伝えられている。

慶長六年（一六〇一）に母里太兵衛が城主になっているが、慶長十一年に、後藤又兵衛基次が脱藩したので益富城主となり、後任に、手塚光重《てづかみつしげ》が城主になっている。

太兵衛は鷹取城下に起居した。さほど広い屋敷跡ではない。奢侈を嫌ったことがよく分かる。貴船神社の下に太兵衛の屋敷があり、その下に家臣団の武家屋敷があり、これの反対側に桜馬場《さくらのばば》があり、武技を怠らなかったことを証明している。

武家屋敷の下には鉄砲町があり、反対側に明元寺があって、その下に民家が並んでいる。

地元の人に聞いたことだが、太兵衛は領民を大切にした殿様だという。それもそのはずだ。いまでも高取焼《たかとりやき》（陶器《とうき》）で賑わっている。窯元の伝えによると、慶長六年ごろに、朝鮮人陶工八山《やさん》（日本名・高取八蔵《たかとりはちぞう》）が来日して、陶器を焼きはじめたという。

そうすれば、母里太兵衛が高取焼を広めたことになる。太兵衛は商人の気質を持っていたことになるのではないか。長政は、筑前に入国と同時に母里太兵衛に命じて、八山に窯を開かせたという。それは、いまの直方市の永満寺《えいまんじ》宅間《たくま》であったという。

『常山《じょうざん》紀談《きだん》』に、こんな話を載せてある。

黒田長政の嫡子・萬徳丸《まんとくまる》（のちの忠之《ただゆき》）が四歳のとき、袴着《はかまぎ》の祝いがあった。母里太兵衛は萬徳丸の髪を撫でながら、早く大きくなって父上より功名をあげなされと申したところ、長政が激怒して、

「何ということを言うのだ。

わしの武略を蔑《さげす》むのか。たしかに若いころは汝や栗山備後（利安）とも相謀って朝鮮にも渡っている。しかし関ヶ原合戦では、汝らの助けによらずに大敵に勝った。

その後、世は太平となり、立てるべき武功もなし。萬徳丸が如何に思おうとも予を

越すことはあるまい」

　と膝を立て直して、太兵衛を睨み付けたのである。

　座の者はどうなることかと冷や汗を流して、ことの成り行きを見守っていた。

「何を怒っておられる。人の子に功名を立てよというのが、間違ったことでござるか」

　太兵衛はものともしないで、長政を見向きもせずに言い放つ。長政は、

「父より優れるというのは如何なものと怒っているのじゃ」

　太兵衛は打ち笑い、

「心してお聞きなされ。武功は幾度、事にあってもし出来すぎたということはなく、その都度、不足していると思うものでござる。他人によくできたと誉められても、黙っているものでありまする。よき軍兵を率い、ただ利よく幸いに勝利しても、自讃《じさん》することは、もってのほかの間違ったことでございます。いままで勝ち戦になれて毎度このようにならんとなれば必ず敗北するでありましょう。味方崩《くず》れたるとき一歩も引かず討死するのは武士の習いでありまするが、それは大将の道ではございません。味方を討たせずに軍に勝つのを良将と申します。殿の武略は、一途に進むことで得るものはありまするが、進退、図に当たる一途には欠けておりまする。この件は、是非とも

老巧の備後どのに伺ってくだされ、ときどきで結構です。萬徳丸どのに教えたいのは、ただ一人駈け出て討死するのは葉武者《はむしゃ》（雑兵《ぞうひょう》）の業《わざ》であることです。死なぬように軍に勝ちをもたらす大将になって貰いたいのであります。この言葉を覚えてほしいのであります」

長政の怒りに動ずることなく、太兵衛は萬徳丸の頭を撫でていた。

栗山備後利安は次の間で酒宴をしていたが、隣の座敷の騒動を聞きつけて、銚子をぶらさげ座敷を出てきて長政の前に跪《ひざまず》き、

「憚《はばか》りながら酒をおすすめ仕ります」

と言うと盃を差し出して、

「若きときに如水公の小姓をしていたとき、お酌は習い、小笠原の礼儀を学びました」

と言いながら酒をすすめれば、長政もうちとけて盃を傾けた。それを太兵衛に渡してやり、「頑固者それへ罷り出よ」と備後利安が言えば、太兵衛進み寄って、その盃をいただき三度受けて飲んだのである。

「殿はよしなきに怒って、今日の祝いに興醒《きょうざ》めになられました。すこしは酔いなされ」

と言えば、長政もまた盃に十分引き受けられたとき、太兵衛いざ酒の肴にと言って田村を謡いだし舞をやりはじめた。鬼のような大男が、いつ稽古をしたのかと拍子をとりながらみんなの耳目を驚かすほど上手に舞った。

皆一同将士に混じって謡って酒宴盛んになれば備後利安は大声を張り上げ、「若者たちよ、よく聞くがよい。心懸けの深きも殿、また思慮《しりょ》なきも殿である。大たわけは太兵衛じゃ。そう言っても、太兵衛は頼もしい男でもある。黒田の家の武勇目出度いときである。みなみな酒を酌み交わし、もし、事あるときには槍を合わせて、なすべき事をしてしまえば、何事も許せるであろう。それ皆の衆、謡えや舞えや」

と言えば、一座の酒宴は盛んになった。

栗山備後利安は、酒をもって長政・太兵衛主従を仲直りをさせたのである。

ある年の年頭、長政が年頭の祝いで栗山備後守宅を訪ねたとき酒宴になった。ころは暮四つ半（午後十一時）におよんだが、長政がおれば若き者たちは酒が思うように飲めないであろうと気をきかせて、若者たちに後で思う存分、酒を飲むがよいと言って、先に帰って行った。このように家臣たちに気を遣う長政であった。

このときも、長政は気をきかせて帰ったが、太兵衛は後に残り若者たちに懇《ねんご》ろの言葉をかけて、若者たちが喜ぶようなことを言っておったが、

「とかく我儘の直らぬ殿である。頭に大きな灸《やいと》をしてやらねば直らぬかも知れぬな」

と、太兵衛が大声で言ったが、長政は聞こえぬふりをして帰って行った。

三

母里太兵衛が心酔していたのは、黒田如水と栗山備後守利安の二人であった。如水は旧主であり、利安は如水が官兵衛時代に、義兄弟にされた義兄である。

太兵衛が十四歳のときだったが、これ以来、二人に逆らったことがない。

ところが長政だけには、主君と崇めずに、言い合いばかりしていた。それは長政が誕生したときに、太兵衛は官兵衛に仕えているし、長政が松寿丸と称していた十一歳のときに、二十四歳だった太兵衛が、具足親になっている。ゆえに太兵衛は、長政のことを自分の子と同じくらいに見ていたのかも知れない。

徳川家康が立派な大人と見ているにもかかわらず、太兵衛は長政を一人前と見ていなかったのである。可愛いのだが、いつまでも子供にしておきたい親心であったのである。ゆえに、若侍たちを笑わそうと思い、頭に大きな灸をしなければ殿の頭は直らないというような、言葉を吐けるのであった。

備後守利安は太兵衛が、長政を一番好きだということを知っていたのであろう。だから五歳違いの兄貴面《あにきづら》で、酒で誤魔化していたのである。賢い太兵衛と長政は、それを十分に心得ていたから、二人は主従関係を、元和元年（一六一五）太兵衛が六十歳で永眠するまで、続けられたのである。

それにしても母里太兵衛は、頑固な人物であった。

何事にても黒を白と言いだし、後日には黒と分かっても、白と一度申し出たら絶対に黒と言い換えないのである。ある人がなぜかと訊ねると、太兵衛は、侍が一度言い出したことを変更するようなら侍でないと言った。それほど太兵衛は物事についてては、剛情であった。

たとえば江戸へ下るとき、浮島《うきしま》ヶ原《はら》（現・静岡県沼津市と富士市鈴川との間）の砂の上において、同胞らと酒や茶などを飲んで休憩をしていると、ある者が、富士山（標高三、七七六メートル）は他国にはない高い山だといい、もっとも名高い山である、見てみるがよい、実物を見たら驚くばかりではないかと言ったところ、太兵衛が反論して、

いやいや見当違いである。さほど高い山とは見えない。われらが住んだことのある、鷹取山城の上にある福智嶽《ふくちだけ》（標高九〇一メートル）よりは低いわ。一座の者たち、それはお目違いであろう、福智嶽を十個重ねても富士山には適わない、と言えば、さ

てもおのおの、それほど太兵衛を盲目のように思われるか、言うまでもなく福智嶽より富士山は高くないわ。

首をかけてもよいと苦々しく言ったので、この人の首をかけることなど、とんでもないと思い皆の者は仰せのとおりで、よくよく見れば、あまり高い山ではないと追従を言ったところ、太兵衛はこれを真実と思い込み、生涯を通して福智嶽よりも富士山が低いと信じてやまなかったという。

もちろん母里太兵衛は、のちには福智嶽の方が低いと分かりながら、一度言い出したことを言い換えまいとする、一本気《いっぽんぎ》のところがあった。

おそらく、慶長十一年（一六〇六）ごろの話であろう。この年の春、江戸城を大修理した。黒田長政も台命《たいめい》（将軍の命令）を受けて、天守の台《だい》の石垣を築いた。普請奉行を母里太兵衛ならびに野口左助がつとめた。

ご造作すでに成就したので、九月二十三日、秀忠公は江戸城へ移り住んだ。太兵衛と野口左助を江戸城に呼び出して、褒美として太刀を与えた。このとき秀忠は間違えて名書《めいしょ》に、毛利太兵衛《もうりたへえ》と書いて授けた。これを見て長政は、

「向後、毛利太兵衛と称するがよい」

と言ったので、以降、毛利太兵衛と名乗ったという。

この慶長十一年のことである。益富城主・後藤又兵衛基次は、主人・黒田長政と折り合いがうまくいかずに城を捨てて脱藩した。しばらくは行方不明であったが、のちに池田輝政に仕えたという噂が立った。そこで長政は、家臣たちを又兵衛のもとへ行かせ、帰藩するように説得するが、物別れに終わっている。

数年、輝政から扶持を貰っていたようだが、輝政とも仲違いをして、又兵衛はまた浪人している。その後、慶長十九年（一六一四）の大坂冬の陣、慶長二十年（一六一五、七月に改元）の大坂夏の陣のときは、豊臣秀頼の招きに応じ、浪人として出陣している。

大坂の陣では勇名をとどろかしているが、『黒田家臣伝』を著している貝原益軒《かいばらえきけん》は、その勇名は高きといえども、君命《くんめい》に背《そむ》いて、あげく敵に与し、終りを保つことが出来なかったことを、人の戒《いまし》めとするべきではないかと言っているが、現代人は彼をどう観るであろうか。もちろん益軒は、幕府に迎合《げいごう》するような書風である。

慶長九年（一六〇四）三月二十日、如水が薨去した。長政は悲しみ、母里太兵衛ら家臣も心理的衝撃を受けた。死に場所は、山城国伏見と筑前国福岡城内の二説があるが、筆者は山城国伏見の方を採りたいと思う。長政は大坂にいて臨終に間に合わなかったというが、これは虚説である。如水臨終のときには長政は枕元にいたと解したい。

如水の病が篤いとき、長政を呼んで次のような遺訓を与えている。

「この如水が熟々《つらつら》思うに、そなたが父に勝れるものが五つある。わしがそなたに勝るものは二つある。それは織田信長公と豊臣秀吉公に仕えて考え方の違いがあって、前後三回、遂には髪まで剃っている。これに反して、そなたは故太閤殿下や内府父子に仕えても、一度の失敗もない。これ、そなたがわしに勝れる一つである。わしは懸命の多くの年月、公事に従事しているが、豊前に十二万石にすぎないのに、そなたはまだ壮年《そうねん》なのに、はやくも筑前五十二万石に封ぜられている。これそれがしがわしに勝れる二つである。いまだに敵の大将を斬ったこともないし、敵の旗も奪ったこともない。それなのにそなたは敵の兜首を取ること七、八回以上におよぶ。これもそれがしがわしに勝れる三つなり。由来わしの行動は軽率だと言われがちだが、これに比べてそなたは慎重に慎重を加え、思慮《しりょ》あまりあり、それもそなたがわしに勝る四つである。最後に男児を挙げたのは、わしがそなた一人のみしか挙げないのに、そなたは忠《ただ》之《ゆき》・長興《ながおき》（慶長十七年生まれなので、疑問としたい）・職政《たかまさ》（大いに、疑問である話）の三児を挙げている。そなたのわしに勝っている五つである。しかしながら、われ自ら言うべきものではないかも知れないが、もし不幸にして、そなたがわしより先に死んだならば、家臣たちが皆言うであろう。如水がいるから大丈夫だといい、わがなかまの武将たちは嘆かないであろう。しかし、わしが死去したならば、老臣たち、新しい家臣は問わずに溜息《ためいき》をついて嘆《なげ》き悲しむであろう。あるいはそなたが禄を失うよりも、悲しむかも知れない。すなわち群集《ぐんしゅう》の心を掴みとることは、そなたには出来ないけれど、わしには出来ることである。また、わしは天下の活気を読み取ることができる。それが、わしがそなたより勝れる一つ。関ヶ原合戦で、徳川家康と石田三成との争いが長引いたならば、わしは九州・中国の将士を率いて東上《とうじょう》し、その漁夫《ぎょふ》の利と同じように、勝った方と勝負したかったが、時運《じうん》に恵まれず素志《そし》が空中分解してしまった。このような大博打《おおばくち》、もって事変に応ずることは、そなたにはできないが、わしができることの二つ目である。だが、いまや、この二つのことも霧散《むさん》してしまった。それがしは、わしのできることを省察《せいさつ》（自分自身を省みて考えを巡らす）して、工夫をすることである」

このように語った如水は、小姓に紫の袱紗《ふくさ》を持ってこさせて、

「これは、そなたへの贈り物である」

如水はこれを長政に手渡した。長政が開いてみると、その袱紗の中から草履、下駄の片方ずつと、塗椀《ぬりわん》一個が入っていた。

「これは日頃からそなたに渡そうとしていたものだが、わしの遺品である。その片方ずつの草履と下駄は、それぞれに揃えずに不慮の事故現場に赴かねば、その機に応ずることはできない。大事をなすには孤注《こちゅう》（全力を挙げて運否《うんぷ》を試みる）でなくてはならぬ。そなたは思慮周密《しりょしゅうみつ》にすぎるので、よろしく教えを守ることである。その椀は、はなはだ粗末なことを教えているのじゃ。人間は食事を欠かせない。食事をするのは器が大切である。食を足し、また兵を足すことが経国《けいこく》の道である。この椀を観て、その用を察し、奢侈《しゃし》をしりぞけて、倹約を尊ぶならば、食つねに足りて、兵もまた従うであろう」

と、如水は長政に教えたのである。

如水は家臣たちにも遺言している。世間往々にして主人のために殉死《じゅんし》する者がある。これは、けっして忠義ではない。

いずれはこの者たちも、幽冥《ゆうめい》に入ることになる。天道・地獄まで従う者を用いる必要があろうか。もし、よろしく忠義の志あるならば、これを後主《こうしゅ》に尽くしてもらいたい。人臣の道はここにあると存ずる。あえて違うことなかれ、と家臣たちの殉死を厳禁した。母里太兵衛などは、如水に心酔していたので、真っ先に殉死を考えていたが、殉死禁止を申し渡されて、どのように思ったであろうか。悶々として、おそらく心痛であったに相違ない。

ところで黒田如水は死期を未然に言い当てている。彼は死ぬ前から、

「わしは、慶長九年三月二十日に死ぬ」

と、言い当てていた。享年五十九歳である。戒名は龍光院殿如水圓清大居士《りゅうこういんでんじょすいえんせいだいこじ》で、崇福寺《すうふくじ》に葬られた。

後藤又兵衛基次が脱藩したのは、如水が没して二年後のことである。益富城は毛利太兵衛友信が城主に任じられた。

煩わしいので、爾後において母里太兵衛で統一する。

太兵衛の住む益富城は、いまの嘉麻《かま》市嘉穂町《かほまち》にあった。標高二〇〇メートルぐらいの城山である。太兵衛の住む屋敷は、山麓の里屋敷の中にあったようだ。

『古郷物語』には、また、こんな話も載っている。

中老・桐山丹波守《きりやまたんばのかみ》信行《のぶゆき》という者と母里太兵衛は朝鮮の役から不仲であった。三十年も無言のままだったという。その意趣は太兵衛は、荒々しくて明国人を好きになれず、城にも入ろうとせずに、自分の旗本に先手を申し付けるくらいであった。

あるとき、太兵衛は部下を連れて、山へ兵糧を捜しに行ったところ、敵と遭遇したと聞く。銃声がしきりにするので、黒田筑前守長政は不安に思い、桐山孫兵衛（丹波

信行は、そのころ孫兵衛と呼ばれる使番であった）に、あの山に登って見てまいれと遣わされた。孫兵衛は帰って、主人に報告した。

「木陰だったので、詳しいことは分かりませぬが、太兵衛どのが敗けたのではないかと思われまする。仔細は、銃声が相当近くに聞こえましたから太兵衛どのは追撃されている可能性が高いので、引き取りに行かれたら如何でしょうか」

「いやいや太兵衛にかぎって、そんな危ないことはしまい。特に追討されることはないわ。安心するがよい」

長政は太兵衛を信頼して、陣中に一人も追討に出るなと触れさせていた。

太兵衛は長政が推量したとおり、大事な合戦に打ち勝ち、敵の首を多くぶら下げて、勇み勇んで、帰陣したのである。

筑前守長政は太兵衛ならばこそと喜んだ。太兵衛贔屓の者たちは、殿はこのように申されたのに、孫兵衛はまるまる逆のことを報告したのであると告げ口をした。太兵衛は、

「この太兵衛、行方を捜されるほど無能ではないわ。追討などといえるのは人を見て言うものである。一人でも追討されて逃げ帰る男と思うてか。孫兵衛頭を切り割るから、前に早く出てこい」

太兵衛は激怒したが、しかし周囲の者に宥められ、孫兵衛は難を逃れたのである。

太兵衛も大人げないと思ったのか、孫兵衛と喧嘩することを避けたのである。その代わり太兵衛は三十年も、孫兵衛こと丹波信行に物を言わなかったのである。

桐山丹波守信行は官兵衛の父職隆に仕えて以来、官兵衛・長政・忠之の四代に仕えている。禄高は六千石で中老になっていた。丹波も勇猛、分別厚い男だったので太兵衛に何回も詫び言を言おうとしたが、太兵衛が耳を貸さなかったので、そのままに放置していたのである。

長政は二人の仲を気遣って、丹波を慰めた。

「太兵衛は荒き者にて、無分別なれども、わしは彼が堪忍するのを見てみたいと思うが、そなたが悪いのであって、覚悟するべきであろう」

丹波も遺恨千万と思うが、もとは自分が悪いのだと諦めていた。

「このままでは具合が悪いので、なんとかならぬものか」

長政が中老以上の老臣に相談するのだが、太兵衛が承引しなかったため、そのままに捨て置かれた。丹波は六千石を取り中老分になったのに、挨拶をしないのは悪いと考えて、ある祝日、談合があると温和しき者たちが登城したので、長政は栗山備後利安に言った。

「太兵衛は、長年、丹波を憎んで久しく無言だと言うことだ。これは黒田家の家臣としてもためにならない。今後は何とか、仲直りをしてもらいたい」

長政は太兵衛が栗山備後利安の言うことなら聞くことを知っているようである。利安が言うのに、

「御意のごとく、近ごろ見苦しきことでありまする。第一には、けっして善いことではありませぬ。御意に任せ、和睦しかるべきと申せども、合点しないでなお、剛情なることを申し、承知しないとは不届き至極でありまする」

「意趣を知りすぎるほど、知っているからのう。いったんは太兵衛が腹が立つのも道理である。さりながら、さように深く思い詰めるものではない。ただいまわれらに対し、和睦をしたならば祝着であるのにな。是非とも、是非とも……」

長政は繰り返し、繰り返し、備後利安に言ったけれども、一命を捧げることは本意なれば、露塵《つゆちり》ほどにも存じたてまつらず、この件においては、たとえ上意に背いても成し遂げますする覚悟でありますと誓うのであった。

長政は、無理なことを言い出したのではないかと、少し後悔顔になって、

「備後、大丈夫か」

と言うと、備後利安はなにもないと言い、

「御諚《ごじょう》（ご命令）のように如何なりましょうとも、身体が如何になりましょうとも、殿のおためになりますことならば異議はありませぬ。特に深々とした意趣もなく、第一、数十年間も無言ということは、諸人仔細を存じよりと言えども、殿のご直接のお言葉にも従わないのは沙汰《さた》の限り《かぎ》（言語道断）でありまする」

このとおりに、備後利安が太兵衛に伝えると、そばにいる老臣たちも、

「そうだ、そうだ」

と、相槌をうつ。しかし太兵衛は嫌と申して、肘を張って互いに顔を睨み合うばかりであった。

「沙汰の限り、無分別至極」

どういうことだと、太兵衛が食ってかかるのである。

いままで栗山備後利安にだけは、素直に従ってきた太兵衛であった。しかし今度ばかりは声を大きくして叱れども太兵衛は納得しないので、備後利安は腹に据えかね左手で太兵衛の顔を張った。しかし当たりはしない。張る真似をしたのである。だが長政と老臣たちは驚いた。苦々しいことである。

誰にも怺《こら》えられないことなのに、太兵衛は大力、備後利安は普通の人、とても力で敵うはずがないのだが、備後利安は軽々しく太兵衛を扱っている。そして太兵衛は逆

らうことを一切しないのであった。

もし太兵衛が備後利安に逆らって取っ組み合いにでもなれば、すぐに引き離そうと老臣たちは身構えていた。

ところが太兵衛は頭を下げたままでしばらく思案している。それなのに備後利安は子供にでも説教するように、太兵衛に説教する。すると太兵衛は涙を流し、畳にほろほろとこぼすのであった。やがて、太兵衛は涙を拭いて言った。

「丹波の挨拶のことでは誰からも意見され、いままた、殿さまより直接意見されたにも関わりませず、ご迷惑にもよい返事ができませずにおりましたが、備後利安どののただいまの説教はこたえました。若年のころ如水さまとのお約束で、備後利安の意見は、必ず聞くように仰せつけられましたが、いまは一人前になったと自覚して、言うことを聞きませんでした。しかし、第一、如水さまの眼力に狂いなく、わが身の誤りでありましたことに気づきました。この上は先非を悔い、丹波と仲直りをいたしましょう。三十年の間、皆様にもご迷惑をお掛けいたしました」

太兵衛は素直に謝ったのである。（三十年の期間であったかは定かでない）

これで長政はもとより、一座の老臣たちも一様に喜んだのである。

仲直りをしたとき、丹波信行は自分の脇差を太兵衛の腰に差して自分の非を認めると、丹波の脇差では太兵衛に似合わぬと思い長政は自分の脇差を太兵衛に授けるという、一幕もあった。

こののち、慶長十六年（一六一一）ごろであろうか、筑前でも、もっとも難所といわれる冷水峠《ひやみずとうげ》の開通では、母里太兵衛友信と桐山丹波信行が協力しあったことはいまも伝わる。

四

如水は兵卒を好み、彼らを愛していた。そして兵卒を疎かにすることなど絶対になかったのである。これによって部下は喜んで如水に仕えていたのである。

後藤又兵衛基次などは、この如水に愛されて養育されているので、如水のためには命もいらぬと仕えていたのだが、如水の逝去するにおよび、ついには筑前を去るにいたったのである。

如水が畏れていたのは、神罰と君罰と臣民罰であった。

神罰は祈ることで逃れることが出来る。君罰もまた謝れば許されることがある。ただ家臣を離れて、農民から怨まれたならば臣民罰を蒙ることになる。これは避けられない。最後は国を失いかねないことになる。だからわれは、三罰を恐れるのであり、特に最後の農民からの罰は恐ろしいものだった。

後藤又兵衛基次や母里太兵衛友信らは、このことを如水から教えられたので、おのおの城主になったとき、このことには一番、心を砕いていたのである。

如水は倹約について家臣団に教えている。

あるとき長政とともに、藩庁において将士に戒めたことがあった。人には分というものがある。日常の衣食住は、その分を越してはならない。その適当なる分を知ってこそ、初めて人間と言えるのである。もし、その分を忘れたならば、たちまち家計にひびき苦慮するだけでなく、奉公にも支障をきたすことになる。処世、信頼を失うのは、大方はここにあると思われる。

ひとたび緊急な大事が起きた場合において、諸士なにをもって対応するか、兵器なのか、または馬なのか、そのどちらも平素より備えておかなければならぬものである。これにはおのおのの身分もある。たとえば馬は健康にしておけばよく、いたずらに壮麗にして、美しい馬は必要がない。それを心得ておくべきであると、如水はこう言って戒めている。

如水は、これをもって自ら質素と考えていた。たとえば衣服や器物は長く蓄えないことである。使用することが長くなってからであれば品質も落ちるだろうし、人に分けてしまうこともありうる。そこで家臣の一人が質問した。

「これらの物、殿からいただいた物もありまする。このような場合は、如何しましょうか」

如水は笑って言った。

「そこまでは考えつかなかったわ。ひとしくそれも衣服什器である。自ら買った物、人から貰った物と、どちらを大切にするか。かつ、それが粗末な物品であろうとも、大事にしている物を人に与えたならば、貰った人はこれを誇り、貰わなかった者は悔しがるに違いない。人の長として愛憎をもって臨むのだから、これは大事にしてもらいたい。これこそ、上に立つ身の喜ぶことであろう」

武蔵温泉は福岡の近郊にある。

かつて如水はここに逗留して入浴した。士民、来訪することひっきりなしであった。

ある日、千石取りの侍が訪ねて来て、乾菜《ほしな》一把《いちわ》を贈ったので、如水は喜ぶこと甚《はなは》だしかった。次に七百石取りの侍が来て、一升の酒をおいて行ったので、それも喜んで受け取った。次に百石取りの侍が現れて、立派な鯛の鮮魚をよい盆にのせて、うやうやしく捧げた。しかし、如水は喜ばずに言った。

「汝らは小録の身をもって、このような贈り物をする。分を忘れるも甚だしい。思うに汝らは資財は足らず、一家は貧乏して困っているに違いない。武器はなくなっているに違いない。そんな状態でわしに奉公しようとはとんでもない。わしは、機嫌が悪くなってきたわ」

するとその侍は額の汗を拭きながら言った。

「如水さま、そんなに怒りたまうな。その魚は、わが家に出入りする商人から貰ったものでありまする。ただ、この魚は新鮮なものだと思い、あえて勿体ないので、如水さまに回しただけのことです。どうか無礼をおとがめなくば幸いであります」

「これは知らぬことで失礼なことを言った。そのようなことがまことであれば、とがめもしまい。魚はいただいておくが、立派な盆は持って帰り、立派な盆であるから売却して、他の用にするがよいぞ。それからこのようなことは、二度とするではないぞ」

と、百石取りの侍を戒めている。質素を常としている如水の言うことであった。

その身、戦国の世に生まれ、戦闘攻伐の間に長じながら、高度なる文明の気象を有し、畢生人道《ひっせいじんどう》（生涯人倫《しょうがいじんりん》）と離れないのが如水であった。

かつて如水が作事奉行を命ぜられ新邸の建築を管理したとき、たまたま作業員に材木を盗む者があった。役人はこれを捕らえて如水に報告した。如水ははじめ大いに怒り、その罪は許せぬからと牢獄につなぎとめ、番兵をつけて監守させたのである。

数日経っても如水は関わらなかったので、役人がどうして囚人の首を刎《は》ねないのですかとたずねると、如水は役人を叱って言った。

「役人たちよ、何を言うか。汝らは人命の貴さを知らないのか。いま、その盗人の首を刎ねたとしても材木が戻ってくるわけでもあるまい。なぜ盗人を戒め、ふたたび罪を犯さねば、斬らずともよいであろうと言わないのか。しかる後に、これを工事に用いたらよかろうが。盗人はかならず再生《さいせい》を恩に感じ、労《ろう》をもって罪を補《おぎな》わんことを努めるであろう。われ命じて盗人を厳禁し、数日罪を問わざるは、汝らが来て罪を赦《ゆる》してくれということを期待しておったのじゃ。ところが予想に反して首を刎ねよと言う。汝ら人命を何と思っているのか。汝らを役人に命じた者は、盗みなどの犯罪を未然に防がせようとしたのみである。しかるに汝らは職分《しょくぶん》をゆるがせにし、材木を無くした失態を起こしながら、罪人を出して得意がるようである。このようなことは、役人としては役に立たない。汝らは将来を戒めるようにいたせ」

これを聞いた役人たちは、恐懼《きょうく》して謝ってから退いたという。

如水が病に臥せるようになってから、その意気は平素の寛裕《かんゆう》（心がひろくゆとりあるること）さに似ず、少しでも気に食わぬことがあれば、突然に怒声を発することがあり、仮借するところがなかった。近侍の者はこれに苦しみ、ある日、長政に告げた。

するると長政は、このごろ家君の近侍する者を観ていると、恐懼《きょうく》して萎縮しているように見える。もうすこし寛大に構えたらどうかと言った。すると、如水は長政を近くに呼び、

「家来たちは、それがしがこれまで優しく接してきたので、わしに親しみ、そなたを恐れている。もし、わしがいま厳しい接し方をすれば、家臣たちは、汝を思慕するようになるであろう。わしが死去することもそう遠くないから、それがために家臣たちを、わしから遠ざけて、汝に近づけようとやっているのじゃ」

と言った。長政は、そこまで自分のことを心配してくれているのかと、涙ぐんで如水を見詰めていた。

黒田氏の先祖は、第五十九代宇多《うだ》天皇である。

その皇子・敦実《あつざね》親王の子雅信《まさのぶ》が源氏姓をもらったことから、近江源氏と称する。雅信の三代下の成頼《なりより》が近江に下向し、その孫の経方《つねかた》が、いまの東近江市小脇《おわき》町に住むようになり、佐々木氏を名乗ることになった。

その初代の佐々木源三秀義《ささきげんぞうひでよし》が源頼朝《みなもとのよりとも》に仕えて、名を挙げる。秀義に五子があり、

長男・定綱《さだつな》（近江《おうみ》守護）、次男・経高《つねたか》（淡路《あわじ》・阿波《あわ》・土佐《とさ》守護）、三男・盛綱《もりつな》（伊予《いよ》・讃岐《ぬき》・越後《えちご》・上野《こうづけ》守護）、四男・高綱《たかつな》（備前《びぜん》・安芸《あき》・周防《すおう》・因幡《いなば》・伯耆《ほうき》・日向《ひゅうが》守護）、五男・義清《よしきよ》（隠岐《おき》・出雲《いずも》守護）を命じられていた。さらに後には定綱が長門《ながと》・石見《いわみ》両国の守護を命ぜられている。

定綱の後裔が佐々木宗家をついだが、定綱の子・広綱が京都六角に住み、広綱の弟・信綱が承久《じょうきゅう》の乱《らん》（承久三年（一二二一）後鳥羽《ごとば》上皇が鎌倉幕府の討幕を図るが失敗し、武家勢力を強くした）以降、兄・広綱に代わって宗家をつぎ、京都六角邸の名をとり六角氏と称した。信綱は三男・泰綱に宗家の六角氏をつがせ、四男・氏信《うじのぶ》に京都京極邸に住まわせ、京極氏とする。

ただし、近江の主導権をめぐり六角と京極は一族でありながら長年、競い合う。佐々木秀義・定綱・京極氏信を経て、京極満信《みつのぶ》にいたり、満信に二子あった。長子は宗氏《むねうじ》、次子は宗清《むねきよ》（宗満《むねみつ》とも）これが、黒田氏の始祖である。

黒田宗清がはじめて、近江国伊香郡《いかごおり》黒田《くろだ》に住むようになる。いまの長浜市木之本《きのもと》町黒田《ちょうくろだ》のことである。

黒田氏の出身はこの地にしかない。坂田郡や甲賀郡にも黒田という地名があるが、これは黒田氏の出身地ではない。

それに『播磨鑑《はりまかがみ》』に、「多可《たか》郡の領主は黒田下野守重隆《しげたか》といい、また黒田家は多可郡黒田村の産という。いま九州の大名なり」といい、またその由来を詳しく記して、「宇多源氏判官備前守高満が末葉で下野守重隆ゆえあって、当国多可郡黒田村に住む。嫡子・官兵衛孝高は姫路の城主である」というが、これは黒田氏出身地の誤認である。

宗清六世の孫高政《たかまさ》が永正八年（一五一一）山城国船岡山の戦いで、室町幕府第十代将軍・足利義稙《あしかがよしたね》の叱責を受け、備前国邑久郡福岡という村に移り住んだ。十数年後に高政が死に、高政の第二子・重隆が家督を継いだ。福岡には十数年しか住んでいないのだが、城地の名を福岡にしたのは、長政が先祖を思ってのことか、郷愁にかられたのではないか。

重隆の子に美濃守職隆《もとたか》という者がおり、これが出来物であった。前にも述べたが近江商人の資質があったのか、目薬を売り歩いて一儲けをした後、小寺氏に取り入り、小寺美濃守職隆と改めている。のちに姫路の城主となる。相当の能力があったに違いない。職隆の子が黒田官兵衛孝高（如水）であり、その子が長政である。

母里太兵衛友信（毛利但馬守友信）は、播磨国姫路城主・小寺職隆の家臣・曾我《そが》一信《かずのぶ》である。

の次男として、弘治二年（一五五六）に生まれた。初名は曾我萬助のちに母里《もり》太兵衛と称する。

母里の姓は福岡では、「ぼり」と呼ぶ。母里氏の先祖は出雲出身らしいが、出雲佐々木の子孫である。家紋は出雲佐々木氏と同じ三つ巴だった。

だが、太兵衛は便宜的に釘抜紋を使用していたという。やはり、出雲佐々木氏家紋の一部を使用していた。太兵衛の母は佐々木久遠《くおん》の娘であったから、重隆の弟が佐々木久遠とすれば、官兵衛孝高と太兵衛は母方の親戚であった。

しかし、数十代もさかのぼれば、誰もが親類であることはままあることなので、十歳年長者の如水が太兵衛を親類扱いにして、上手に仕えさせたとも言えなくもない。

太兵衛の実の弟曾我小辰郎が、野村太郎兵衛祐勝《ひろかつ》となって兄太兵衛を助け、官兵衛孝高によく仕えている。官兵衛孝高が母里一族が没落するのを怖れて天正元年（一五七三）九月、母里道庵《どうあん》が死去したので太兵衛が養子となり母里太兵衛友信となったという説がある。筆者の説（永禄十二年）より四年あとのことである。

後藤又兵衛の後任城主

一

黒田長政が福岡初代藩主になったとたん後藤又兵衛基次が脱藩した。脱藩説にはいろいろあるが、筆者は一つの説を持っている。それは又兵衛が長政に仕えて、人間的に如水に心酔していた又兵衛が、二代目長政にはその人間的魅力を感じ取れなかったので、脱藩したのではないかと思っている。

綿谷雪氏の『実録　後藤又兵衛』の中で、脱藩の理由が書かれてある。又兵衛はのさばった期間もあり、それが長政から妬みをうけ居辛《いづら》くなったことを第一の理由にあげ、第二の理由に又兵衛の長男・太郎助が女のことでしくじり、それが長政の癇癖にさわったのでないかと。

第三の理由に長男・次男・又市（四男・又一郎ではないかと説明している）の感情のこ

じれをあげている。これが長政の面目を傷つけたという。すべてありそうな話である。又兵衛とて人の子である。自分の子のことでは頭の痛いことであったに違いない。

綿谷氏があげており、筆者も面白いので話をあげておきたい。森銑三《もりせんぞう》氏の『泉南遺編《せんなんいへん》』を『近世人物夜話《きんせいじんぶつやわ》』に改訂したものを綿谷氏が書いているので、それを引用させてもらいたい。

――後藤が黒田家を浪人したのも、世間に伝えているのとは大いに相違している。もっとも主人の黒田長政と不和だったということも多少はあったけれども、ただそれだけで浪人したのではない。後藤には老母があって、その母は摂州大坂の者だったということもあるが、後藤は黒田家の大身となって多くの女性を母に付きそわせて、何ひとつ不足のない身分になっていた。

そのうえに後藤自身もその母に仕えて、三度の食事も在宿のおりにも自分で母の膳を据え、自分もそのそばで食べているのに、その間にもおどけた話をしたりして母の機嫌をとる。そして母の嬉しそうな様子を見るのを何よりの楽しみとしていた。（中略）

——後藤はそれほどまでにしたのであるが、老母はともかくふるさとを恋しがり、たとえ物貰いの生活をしてもよい、大坂へ帰りたいとばかりいう。それで度々黒田家に暇を乞うたのであるが、いつも今少しとばかりいわれるので心ならずも年を経た。そのうちに母は年をとって、なおも大坂を慕うて止まぬ。後藤もやむを得ずして黒田家を立ち退いた。

もっともそれについては、その年の年俸と、それまでに拝領した品々とを封を付けて蔵に残して去ったのである。ところが気のどくなことに母は大坂までも帰りつかずに、途中の船のなかで身罷《みまか》った。（下略）

綿谷氏は、後藤又兵衛の黒田家脱藩の理由の第一に、老母の帰郷の願いを挙げるのは果たしてどうだろうか、黒田長政と不和だった事情は多少あったというが、事実は多少どころでなかった。

それに当時の食事は「二度」であったのにかかわらず「三度の食事」は時代錯誤であるとして、この母親孝行話は、江戸中期ごろ以降の創作にすぎないと看破している。筆者も、きれいに纏めすぎていると批判するところである。

では、真実の出藩理由はどうだったかと問われれば、筆者は次のように考えている。

それは主従の感覚の差が、相容れなかったのではないかと考えたい。

後藤又兵衛は古い感覚の持ち主であった。長政の感覚は新しい。

たとえば黒田長政は、関ヶ原合戦において、陰の実力者として功績を挙げ、徳川家康から五十二万三千石を与えられている。

表で活躍した福島正則が四十九万八千石しか賜っていないので、功績は黒田長政が大であったことから自信が過剰になっていた。だから『常山紀談』に書かれているように、長政は又兵衛を競争相手として見るようになったのである。

そのことは『常山紀談』にもこう書いている。

後藤はもとは黒田長政の侍大将《さむらいだいしょう》（部隊長）であった。長政あるとき、物語りのついでに「いまわしに代わって兵卒を指揮して大功を立てる者が、侍大将の中に誰かいるであろうか」と家臣たちに訊ねた。

すると家臣の一人である管政利《かんまさとし》「部下多しといえども、その器量あると申せば、後藤又兵衛基次に肩を並べる者はいますまい」と答えた。長政はあくまで自分が勇将であるので、後藤又兵衛の武略は承知したこともあり、長政は政利の言葉に妬ましい思いをした。

後藤又兵衛は六端城の一つ筑前益富城の城主である。豊前国主・細川忠興と長政は関ヶ原合戦以来、仲違いをしていたので、長政は後藤はその防御のために備えているだけであった。

長政は故あって後藤又兵衛の子・隠岐太郎助の行跡がわるかったので、改易し福岡藩から追放していた。それを後藤又兵衛は長政に、藩に戻してくれと懇願していたが果たされず、又兵衛は長政を怨んでいたときであった。長政は又兵衛の次男・又市を大事にしていた。博多の祇園の宮において猿楽《さるがく》があるとき、長政が又市に「鼓を打て」と言った。又市はこれを不服として、益富城主の後藤又兵衛基次に告げた。これに又兵衛が激怒して、父子ともども藩を脱出した。

隣国の細川忠興は鉄砲隊に二百の将兵とともに後藤又兵衛基次を迎えに出た。たぶん又兵衛と忠興は親しくなっていたのであろう。黒田と細川の間で戦になろうとしたが、幕府の調停で丸く治まっている（後略）。

となっているが、これを真実と思えない。

戦国時代の主従関係は仲間同士という感覚であった。だから、黒田如水とその家臣は上手く付き合えたのである。母里太兵衛・栗山四郎右衛門・後藤又兵衛らの如水への仕え方は、その例に洩れない。

たとえば、母里太兵衛が如水に策略を述べても取り上げてくれたはずである。それが太兵衛らには生き甲斐であった。如水もまた、太兵衛らの意見を事細やかに徴していたはずである。つまり主従は一心同体であった。後藤又兵衛もまた如水には心酔していたが、長政との肌合いが合わなかったに違いない。

それは、たぶん両者が「われこそは軍功者である」と意識しあい、競争相手として敵対していたからではないか。管政利がわざわざ言わずとも、長政は軍功者は自分一人と思っていたし、又兵衛もまた、自分を讃えてもらいたい意識はあった。どちらかの一方が謙譲すればよく、又兵衛の脱藩騒ぎはなかったと思う。如水がいみじくも長政に遺言したとき、「もし不幸にして、長政が倒れてもなげく家臣はいまいが、わし如水が死去したなら、家の将士がともにどうすればよいとなげくに相違ない」と言っている。太兵衛・四郎右衛門・又兵衛らはその将士になる。

要するに主従は心と心が結びついていたのである。家臣たちの多くは如水とは一緒に死ねるが、長政とは死ねないと思っていたのではないか。それほど家臣たちは長政に馴染めなかったのである。又兵衛が脱藩したのは、長政と又兵衛の肌合いが違いすぎたことが原因だと考えるべきではなかろうか。

後藤又兵衛は脱藩前に、親友の母里太兵衛に相談している。

「太兵衛どの、わしは福岡藩を脱藩しようと思っている」

又兵衛は鷹取山の麓にある太兵衛の自邸に訪ねて来たとき太兵衛にいきなり言った。

文禄元年（一五九二）後藤又兵衛は母里太兵衛・黒田三左衛門とともに三人で朝鮮出兵のとき、交代で先手を勤めたときのような、真剣な顔色で太兵衛に声をかけたのである。

又兵衛は永禄三年（一五六〇）生まれで、太兵衛より五歳年下であるから、栗山四郎右衛門と太兵衛との関係のように義兄弟ではないが、太兵衛は、実の弟みたいに又兵衛を可愛がっていた。

又兵衛は播州三木城主・別所長治の侍大将・後藤将監基国《ごとうしょうげんもとくに》の子として生まれた。基国は三木城が落城すると予見していたので、当時十四歳の又兵衛を敵将の黒田官兵衛に預けたのである。羽柴秀吉から、太兵衛を欲しいと言われていたころである。

官兵衛孝高はその日から又兵衛を養子扱いにしている。以来、又兵衛は官兵衛孝高を父親のようにして奉公している。

「又兵衛、おぬしは黒田家は親の家だと見なしていたではないか、それを捨てるつもりか」

太兵衛は又兵衛が時折、長政と口喧嘩をしているのは知っていたが、まさか訣別するほど仲が悪くなっていたとは、予想もしていなかった。

「で、どうしても長政どのが許せないのか」

太兵衛は又兵衛の気性が分かっていた。曲がったことが嫌いで、竹を割ったような性格でもあった。

「如水どのは父親のように慕っていたし、尊敬できる人であった。しかし長政どのは、どうにも好きになれない。ともかく偉そうなことばかり、毎日、口にしている人である。関ヶ原合戦でも、われら将士の活躍が大なるのに、長政どのは功労を高めていることは一言も口にしないで意地悪なことしか言わない。わしは今後、そんな男を庇うつもりは全くない。それより脱藩したほうが気が楽というものです」

「又兵衛、強情で梃子《てこ》でも動かないつもりらしいな。脱藩は絶対に止められないというのじゃな」

「その意趣は、全くございませぬ」

「そうか……」

平素見せないような落胆の色を見せて、太兵衛が言った。

「で、これからどうするつもりじゃ」

「姫路の池田輝政公の世話を受けようかと思いまする」

太兵衛は池田輝政ならば、又兵衛の面倒をみてくれそうな気がしていた。

輝政は徳川家康の娘婿というだけでなく、将来性のある大名である。聞けば、又兵衛を客分として雇い入れるようである。太兵衛は輝政の豪傑好きで、全国から著名な浪人を集めているという噂は聞いていた。

「よい雇い主を、選んだものだな」

もし戦いがあれば、又兵衛は客分をはずされて輝政のもと侍大将として、活躍するに違いないと、太兵衛は想像していたのである。

（又兵衛とだけは戦いたくない。強い男であるからのう）

太兵衛は正直に、そのように考えていた。

朝鮮の役などでの又兵衛の活躍ぶりを知っているだけに、別れるに当たって、それを心配していたのである。

「で、母里太兵衛どのにお願いの儀がありまする。長政どのがどう考えるか分かりませぬが、それがしが考えまするに、益富城を委ねるのは母里太兵衛どのしかないと存じますので、お願いがござる。それはいままで、それがしが考えてきましたのは、これからの世は領民の安楽を考えるべきと存じますので、これを継承してもらいたいの

であります る」

「それがしも、領民あっての領主ということは百も承知である。これまでは戦乱、戦乱の連続で年貢《ねんぐ》と夫役《ぶやく》とが領民の負担高になっており、これを少しでも軽減してやりたいといろいろ考えておりました」

「それは拙者も同じ考えで、領民の安寧を常に頭におき、益富城の治政を行ってきた。長政どのの方針もありましょうが、太兵衛どのが、それがしと同じで領民を大切にしていると伺っておりましたので、頼みやすいと思い、脱藩のことを告げるとともに、太兵衛どのにそれを頼もうと思い、今日、こちらに伺った次第です」

又兵衛は、平素の明るさを取り戻したように言った。

「長政どのとは仲が悪いので、この太兵衛が脱藩したいくらいであるが、そなたのように度胸がないので飛び出せないのである。また、如水さまの旧臣や領民のためにも飛び出せないのが実情である。残るからには如水さまが残された旧臣のために働くのも、われら古参の役割と思っているのじゃ」

「益富城の家老どもには、ぜひとも太兵衛どのを城主に推すよう申し上げているので、長政どのもそのとおりになさりましょう。いま、お願いした領民愛護につき、よしなにお願いいいたしまする」

又兵衛は幾重にも懇願するのであった。

「もしそうなれば、きっと、又兵衛どのの望みどおりにいたそう」

太兵衛は、そうなるかどうか分からないのに、約束をしたように胸を叩いた。

二

「毛利但馬（母里太兵衛友信）どのは、武技ばかりでなく、聖人の教えからは、ほど遠いと聞いている。しかし、それは学者の働きよりは勝っている」

これは林家朱子学の祖である、林羅山《はやしらざん》の太兵衛評である。羅山は方広寺《ほうこうじ》鐘銘事件《しょうめいじけん》のとき、徳川家康にもっとも阿諛《あゆ》（おべっか）したことで知られている。

学者の林羅山は、太兵衛が博学者であったことを認めていたのである。又兵衛もそれを知っていたはずである。

それを羅山が、いつ評価したか分からないが、おそらく慶長十一年中のことではなかろうか。この年の春、後藤又兵衛基次が脱藩し、ただちに母里太兵衛が益富城主となり、兼ねて、嘉麻郡奉行として治政に携わったころではなかろうか。彼の特色を書くならば、太兵衛は経済の流通を図るため、三日町・五日町・九日町の町をつくっている。それはこの日に市を立てたらしい。すると、太兵衛は官兵衛の影響を受けている。

たのか、それとも近江商人の血が流れていたのではないか。

隣国の豊前（現・福岡県・大分県）は細川忠興の知行である。福岡藩が成立したときに、忠興も豊前小倉三十九万九千石の藩主になっている。この時、この両家に重大な事件が起こっていた。

長政は筑前へ転封するとき、旧領豊前の年貢米を十二万石分、すべて徴収して筑前に持っていったのである。武家の作法どおり旧領丹後の年貢米を残したまま、豊前に入国した忠興は困り果てて長政に年貢米の請求をしたが、長政は返還しない。激怒した忠興は門司に配船して、筑前から上方への廻米《かいまい》（年貢米または商人米を上方へ送った）を差し押さえようとしたのである。

これでは深刻な問題に発展するに違いない。そこで黒田・細川両家と親しい山内一豊や片桐且元らが仲裁に入ったところ、長政が期限を決めて年貢米を返却することで話は収まっていた。

だが、年貢米の返還が慶長七年五月までのびても納められず、この事件以降も両家の間は険悪な状態が続いた。それで後藤又兵衛が苦労して忠興をなだめていたのだが、長政はそれを評価しなかった。そうなれば、この事件も又兵衛脱藩の遠因の一つであったと言ってよい。

太兵衛は人に頭を下げるのが嫌いな男である。

しかし親友・又兵衛のために、たびたび、細川忠興にご機嫌取りをしていたのである。

長政の悪口ばかりを言っているようだが、長政は戦乱の世から平和な時代へ向かう近世大名の一人である。

平和時代の大名として、藩主権力の強化もしたいのであったので、長政には悩みもあったはずである。父如水に仕えた、大譜代の老臣たちの処遇や豊前時代の古譜代のことも考えねばならなかった。

近世の大名として父親よりの大譜代の老臣、古譜代と呼ばれる重臣たちを取りつぶして、知行地の削減も考えねば、藩主権の確立はできない。

後藤又兵衛基次父子が福岡藩を脱藩したのは、慶長十一年（一六〇六）春のことで、母里太兵衛が益富城主に任じられたのは、その直後である。

太兵衛がどうして城主に選ばれたか知らないが、おそらく、脱藩した又兵衛が根回しをしていたのであろう。関ヶ原合戦後、福岡藩では知行取《ちぎょうど》りと切扶取《きりふど》りの侍にわかれていた。知行取りが上級武士で切扶取りが下級武士であった。

前者は母里太兵衛からであり、嘉麻郡から上がる年貢を自由に扱えたが、下級武士は蔵米《くらまい》を支給された。その蔵米は、知行地を支配していた母里太兵衛らから出ていたと理解したい。だから太兵衛は鞍手郡に四千石を取り、一万四千石を嘉麻郡から取っていたと考えたい。都合、太兵衛は一万八千石の知行地を支配していたからである。

「年貢はこれまでよりも五分引きとし、夫役《ぶやく》（労働課役）も、年に一、二度減らす」と、太兵衛は益富城の城主になったとたん、庄屋たちに触れたのであった。

後藤又兵衛との約束を履行したのである。

母里太兵衛は上に厳しく、下に優しい城主であった。つまり、福岡藩主の黒田長政にはいろいろと意見具申をしているが、家臣たち（長政の陪臣《ばいしん》）や領民たちには優しく接したのであった。これで、前城主の後藤又兵衛も安心していたであろう。

そこで益富城について、少し触れておきたい。はじめの築城は、永享年間（一四二九―一四四一）室町幕府相伴衆《しょうばんしゅう》・豊前守護大名・大内氏第十一代当主の大内盛見《おおうちもりはる》だったと伝えられている。その後、毛利元就《もとなり》の所有となり、のち秋月種実《あきづきたねざね》や早川長政《はやかわながまさ》らが所有するが、慶長六年（一六〇一）福岡城の六端城の一つとして、後藤又兵衛基次が城主に任命されて改築を行っている。そして慶長十一年の春、後藤又兵衛基次が脱藩したので、母里太兵衛友信こと毛利但馬守友信が後任の益富城主になったのである。

太兵衛は黒田家の重鎮《じゅうちん》であり、大譜代の一人であった。黒田武士の代表的存在であったので、武勲赫々《ぶくんかっかく》（功名がすぐれている）の話が多いのであるが、本当に家庭的な話もあるので紹介しておく。

太兵衛の生母は佐々木久連の娘であったが、早世していたので太兵衛の父・曾我一信は後妻に伊東祐清《すけきよ》の娘を貰っていた。母里太兵衛の弟・野村太郎兵衛の生母である。名は定かでない。太兵衛はこの継母《ままはは》を非常に大事にしていた。

「継母だから、ほっといてもいいのよ」

と継母は言うのだが、太兵衛は子供のころから実の母親のような情愛をもって、接してくれた継母を捨てる気にはなれなかった。

鷹取城主のときも益富城主になったときも、実の母親のように面倒をみてきた。妻の幸などは、実の母親以上に大事にしていた。太兵衛と弟の野村太郎兵衛祐勝が人がうらやむように仲がよかったこともあるが、幸はわが子・左近友生《さこんともお》が生まれたときから大事な孫として育てている姿を見て、

「お義母《かあ》さん」

と自然に呼ぶようになり、実の母のように接していた。

太兵衛も自宅にいるときは、実母に甘えるように継母を実母のように尊敬してい

た。世間では、太兵衛は武技一点ばりの男で武骨者と評されていたが、家庭に入ると普通の父親以上に父性愛もあり、家族にきめ細かい情愛を持っている亭主でもあったのである。

それは妻の幸・継母・左近ら家族しか知らないところであった。だから、慶長十九年（一六一四）八月二十三日、継母が死んだとき子供以上に太兵衛は悲嘆に暮れている。そして城下に福円寺を建立し、墓所にした。

「わしは、継母が大好きだった」

が、太兵衛の家族への口癖でもあった。晩年のことである。

三

徳川家康は豊臣家を滅ぼすために、京都の方広寺に豊臣秀頼が鋳造した梵鐘の銘に「国家安康」「君臣豊樂」の八文字があったので、これに難癖をつけて鐘銘《しょうめい》事件を引き起こし、慶長十九年（一六一四）十月一日、大坂冬の陣を勃発させた。

このとき、後藤又兵衛は池田輝政の元を離れて、大坂の陣に参加している。全国から集まった六千余の浪人を従えていたという。

このころ、病床に伏せることもあった母里太兵衛は、又兵衛のもとへ急使を送り、

「この戦は、家康公が豊臣家に仕掛けた罠ゆえ、参加しないほうがよい」

と、それとなく又兵衛に合戦しないように書状を書いている。

太兵衛は百戦錬磨の強者である。徳川家康が何を考えているか聞けば分かる。

たしかに太閤秀吉は勝負強かった。朝鮮の役では負けることもあったが、国内の戦いでは大方を勝ち抜いている。負けたのは、織田信雄と徳川家康連合軍の小牧・長久手の戦いくらいである。

ところが豊臣秀頼は太閤秀吉の真似はできない。ぼんぼん育ちであり、母親の淀殿に過保護に育てられている。大将格の大野治長《おおのはるなが》とて、淀殿の乳母・大蔵卿局《おおくらきょうのつぼね》の息子で、戦争経験などはほとんどない。

「そんな人に頼って合戦に勝てるはずがない。止めとけ」

太兵衛は又兵衛の身の上を心配して、使者にくどく言わせている。

しかも豊臣秀頼は全国から集まった浪人たちに、ろくろく挨拶もしないで、仰々しく、

「みな苦労」

の一言しか言わなかった。

これでは勇んで合戦に出て来た連中の士気を低下させただけに過ぎない。

豊臣秀頼は二十二歳、後藤又兵衛は五十五歳、人生の経験値が違う。そんなことは百も承知で、又兵衛父子は大坂城に入っている。

たしかに又兵衛の名は世に知られているらしかった。

入城した浪人たちからは歓迎の声もあがった。その点では又兵衛の気持ちを満足させた。しかし、ただ肥っているだけの秀頼と会い、大将格の大野治長、その弟・治房《はるふさ》、淀殿の叔父・織田有楽《おだうらく》、その子、秀頼の乳母の子・木村重成《きむらしげなり》らと出会ったとき、あまりにも優雅さや気位の高さに驚き、又兵衛は、

（戦いを遊技くらいに考えている連中を、仲間にせねばならんのか。骨のあるのは木村重成くらいか）

又兵衛は一同を見て、そう感じていた。失敗したか、が彼の第一印象であった。

彼は人生の最後の花を咲かそうと意気込んでいる。だから親友・母里太兵衛の忠告にも耳を貸さない。

結果、浪人の後藤又兵衛などの意見は採り上げられず、大野治長の指揮権により、籠城戦がとられ、家康の二十万近い軍勢に驚きをなし、寄せ集めの烏合の衆は逃げ出す者も現れる始末であった。

家康は野戦の雄である。戦い方が違う。

補給路を断ってから、最新式の大砲攻撃を加えて大坂冬の陣を終了させた。慶長十九年十二月二十日のことである。珍しく淀殿の妹・常高院《じょうこういん》（お初・京極高次《きょうごくたかつぐ》の未亡人）と徳川家康の側室・阿茶《あちゃ》の方《かた》（家康の死後は朝覚院《ちょうかくいん》）と十九日に和議の誓書が交換された。

家康は難攻不落の大坂城を攻めやすいように、外濠と総濠の言葉の違いを取り上げて、野戦向けにしている。

家康はずる賢い男である。後で分かったことだが、関ヶ原合戦で大活躍をした豊臣恩顧の武将である福島正則・加藤嘉明・黒田長政らは江戸城で留守居をさせている。大坂の陣で裏切らないように江戸城からの禁足を命じている。用心深いといえば聞こえはよいが、猜疑心が強すぎる老人でしかない。そのせっかちさは、一年ももたなかった。

翌年・慶長二十年（一六一五）四月六日には、大坂夏の陣をはじめたのである。後藤又兵衛はいきがかり上、大坂城の豊臣秀頼や大野治長に呼ばれて参戦した。多少、武将としての意地もあったからである。

軍議で又兵衛は城外で戦う案を出したのであるが、淀殿と大野一派は城が手薄になると言って反対した。すでに、大坂城の総大将は淀殿に代わっていたのである。

「大坂の陣は、素人女と職業戦士との戦いになった」

だから戦うのは止めるべきだと、母里太兵衛は何回となく又兵衛に諌止の書状を送ったが、又兵衛はすべて懐に仕舞い込んだのである。すでに彼の決意は決まっていて、

（後世に名を残すために華々しい活躍をして、討死をしよう）

であった。貝原益軒は、その勇名高しといえども、君命に背き、しまいには敵に与して終わりを保たなかった。これ人の戒めとすべきであろうと言っているが、筆者はそうは思わない。

人それぞれの生き様もあってしかるべきだと思うからである。益軒は、筑前福岡藩の儒学者である。黒田氏の悪口は、書けなかったのではないか。

慶長二十年五月六日、伊達政宗の鉄砲隊の銃弾に当たって、又兵衛は即死したのである。夏の陣が終わったのは、淀殿と豊臣秀頼が自害した五月八日であった。

福岡藩からは藩主嫡男の黒田忠之が参戦していた。父の初代藩主・黒田長政は一応は参戦したものの少人数のため、さしたる手柄は立てなかった。ただ、忠之は腸チフスにかかりながら出陣して大坂城の攻撃に参加し、塩硝《えんしょう》（煙硝・有煙火薬）五十斤《きん》（一斤＝六百グラム）を徳川家康に献上している。また在府中の長政も、使者をもって

鉛三千斤を献じたと伝えられている。

しかし、長政と又兵衛の直接の対峙はなかったようである。幸いといえばそれまでだが、むかしの臣従が、戦場で直接対決するのは皮肉すぎて、劇的であって面白くない。

それでも敵対していることは確かである。黒田長政も、後藤又兵衛もそれは承知であったが、どうすることも出来ない。

それにしても、母里太兵衛に又兵衛の討死が知らされたとき、その嘆きようはなかった。病気気味で伏せたり起きたりの状態だった太兵衛は、

「又兵衛の馬鹿野郎が、わしより五つも若いくせに先に逝《い》きよってからに。あれだけ止めとけと言ったのに……」

傍の者が驚くほど大声をあげて泣いた。長男の左近もはじめてのことであり、おろおろするだけであった。

「左近、おぬしには黙っていたが、去年の三月、殿様より病気見舞いの書状が来ていた。今、見せてやる」

太兵衛は大事そうに懐に入れていた書状を左近に見せた。

――去る二十五日の書状を披見した。その方は何ともないと思っていたが、病気を抱えていると左近や大学からの書状で知らせて来たので驚いている。このうえは、随分と養生が肝要であるから仕事のことは気にしなくてもよいように、大学などに申し付けているので安心して養生してもらいたい。

三月二十三日　　長政　印

毛利但馬守殿

「殿と父上は随分と仲が悪いという評判でしたが、どうしてどうして、肉親以上の気の使い方ではないですか」

左近が言った。世間の評判ほど当てにならないものはないと思った。

「わしは上級者や上の者に逆らう男だということじゃが、実際は違うのだ。たとえば、長政さまご自分のためになることを、年上の者として、教えてくれているということが分かっているからじゃ。それが分からないようなら、本当の馬鹿殿さまである。長政さまは如水さまの御子、賢さは親譲りであろうから、それがしの言うことはすべて分かっておられるのじゃ」

太兵衛は、長政に絶大な信頼を寄せているようであった。太兵衛は長政の病気見舞状を受け取ると、大事そうに懐に仕舞い込むのであった。

長政は見舞状のほかに言葉を添えていた。

「たとえ相果てようとも、諸職のことは心配するな。それに後事のことに気遣いをするな」

と、言っている。よほど長政の太兵衛に対する信頼度が深かったことが分かる。

四

母里太兵衛（毛利但馬守友信）は、慶長十一年（一六〇六）より慶長二十年（一六一五）までの十年間、後藤又兵衛基次の出奔《しゅっぽん》事件以来、益富城の後任城主として務めていた。太兵衛は六十の還暦を迎えていた。この時代、人生僅か五十年という認識があったので、本人の生に対する管理もあったのであるが、まずは長生きしている方であった。

しかし、太兵衛は親友の又兵衛を大坂夏の陣で失ってから、めっきりと精神と身体が弱っていくような気がしていた。

六端城の城主は地域的に軍事の編成権もあり、城郭周辺の政治も行ってきた。藩の郡奉行も兼ねていたので、太兵衛の思い通りに行政を行ってきた。最初に決定したように、領民中心に治政をしてきたので、城主としてもなかなか評判も良かったのである。

「将来は福岡藩が思うとおりの治政をしなければならない」

太兵衛は、そんな考え方に変わっていた。じつは、慶長九年（一六〇四）に死去した黒田官兵衛孝高（如水）から栗山四郎右衛門と太兵衛が、臨終の床に呼ばれて、

「甲斐守長政の手足となって、行く末のことをよろしく頼む」

と、頼まれていたのであった。

いまは筑前守長政となっている福岡藩主は人間が出来てきたのか、あまり立腹することは少なくなっていた。太兵衛たち年寄たちの言うことにも耳を傾けるようになった。

年に二、三回は夜伽《よとぎ》（藩政反省会）を行った。話し手は年寄衆であり、六端城の城主等であった。司会は栗山四郎右衛門の嫡子・栗山大膳が引き受けていた。そして約束事があった。その晩に言ったことは、どんなことであっても意趣として残さないこと、他言無用、そして立腹を禁じていた。

「黒田家中、筑前国の統治で異なることがあれば、心打ち明けて話し合い、そののちに詫びることがあれば、詫びればよいのである。仮にここの年寄連中が遠慮して、言

いたいことを言わずにおるのはまずい。もし言えば上から疑われ、悪くすると意趣を持たれるのではないかと思い、終いには主人のためにならぬと思うことを、言わないのが普通であるかもしれないが、ここでは、心に思ったことを吐き出してしまう。これこそ、この夜伽の値打ちとするところである。予が機嫌がよいときならよいが、立腹していると見えても、けっして心の中では立腹していないから安心するがよい」

外見は悪いが気にしないで、意見を述べてほしいと長政は打ち笑った。幾度も繰り返し言った。

「上下の隔《へだ》てなく、互いの申し分をのこらず、話したいことは遠慮なく話すことである。みなからの意見がなければ、筑前守長政は万事心まかせの治政をする。それではまずかろう。そして主人を尊敬したくなくなるであろうし、贔屓にもできない」

「いまの世の主君の中で、いかに忠義心が厚く、頼もしい臣下であっても母里太兵衛のような従者を持っている者が何人いようか。予が違ったことをすれば教え導き、古きことをよく知り、心に迷いが生じたならば教えてくれた。太兵衛は父祖に代わって予を強者にしてくれた。長政は強きを好み、十分の一も、百分の一も弱いことが嫌いである。太兵衛はその予の性分を知っていて指導してくれた。ゆえに予は少しも腹の立たない人間になったのだ。堪忍もできる人間に育った」

と、自慢げに太兵衛のことを誉め讃えている。これが、何時のことか定かでないが、もしかすると、太兵衛が病床に臥していたころの話ではなかろうか。

太兵衛は生涯、合戦において敵の首級をとること七十六、そして怪我は、一度もなかったという。

これほどまでに、武勇に長けた男であったが「それがしは栗山四郎右衛門の教えを受けて、人になれた」と臨終の床で語っている。その臨終の床に、栗山四郎右衛門利安が訪れて、両者は、最初に手を取り合って号泣した。

さもあろう。四郎右衛門利安が六十五歳、太兵衛友信は六十歳の老境に入っており、いわば半世紀近い戦友である。しかも黒田官兵衛の一番弟子である。感慨も一入であったに相違ない。

太兵衛が萬助と名乗っていた十四歳のとき、四郎右衛門が善助と称していた十九歳のとき、両者は黒田官兵衛の仲介で義兄弟になった。以来、官兵衛のもとで働き、官兵衛の有岡城脱出、高松城の水攻め、中国大返し、賤ヶ嶽合戦、小田原征伐、朝鮮の役など数え切れないほどの事件に関与している。両者には走馬燈のように思い出が浮かびあがったのであろう。近時では、鷹取城での長政との争い、桐山丹波との仲違い、これらは四郎右衛門の仲介で事なきを得ている。

太兵衛は頑固一徹の男である。この男を立派な男にしたのは、黒田官兵衛と、この栗山備後守利安の二人に違いない。それに自分自身でも相当に磨き上げたに違いない。

でなければ、後年に黒田武士の模範と讃えられるはずがない。

奇遇ではあるが、親友の後藤又兵衛基次が大坂夏の陣で討死したのが、慶長二十年(一六一五)五月六日であったが、母里太兵衛の逝去日が、同年の六月六日となっている。

終

あとがき

母里太兵衛の小説を書くにあたって一番困ったのは史料が少ないことであった。しかし有名人なのである。先般、福岡市を訪問したところ、母里太兵衛の銅像に出会うことになった。ＪＲ福岡駅前に黒田武士像が建っていたが、それが太兵衛像であった。『博多に強くなろう②』の冒頭で、筑前近世史研究会会長・山内勝也氏が語っておられる。

「黒田藩は他藩から一目も二目も置かれる雄藩ですが、その社員代表が栗山備後守（善助・四郎右衛門・利安）や後藤又兵衛（基次）と並んで母里太兵衛（曾我萬助・友信・毛利但馬守）なんですね。当時の武勇の士は酒豪でもあって、太兵衛はフカと渾名があるほど、その方面でも剛の者であったそうです。長政の名代として福島正則のところへ行って、例の呑み取り合戦となるわけです」

母里太兵衛のことを調べていて、人間の幅を広げてくれたようで感謝している。彼は現代人に共通するような資質を持っていた。一本気で無分別な男であり、頑固者で人の言うことを聞かない。上級者には逆らうが下級者は大事にする。どこの社会でも居そうな人物である。

そのくせ、尊敬する人があった。太兵衛の場合は、黒田官兵衛孝高と義兄となる栗山四郎右衛門利安には、生涯頭が上がらない、武技一辺倒《いっぺんとう》なところがあるが、儒学者・林羅山が評するように学者が顔負けするような学識も持っていた。そういう人が、現代にも大勢いるのではないか。このような人が、日本の政治・経済・芸術・文化というような、多岐にわたる社会現象を支えているのではなかろうか。

母里太兵衛は戦国時代から安定期に向かう江戸初期に必要な人間だったと思料する。だが、時代にそぐわない古いカラーの人間になっていくのはやむを得ないのである。しかもその人に影響される子孫は、人間関係をつくるのがあまり上手でなく、上級者とそりが合わない場合もある。黒田騒動の主人公栗山大膳の場合もそうであった。これは、あとで少し触れたい。太兵衛に左近友生という二代目があったが、寛永十五年（一六三八）の島原の乱のとき、福岡藩主の黒田忠之（長政の子）の勘気を受けて浪人し、寛文十一年（一六七一）九月十日に没している。

しかし、三代生敬《せいけい》（左近の次男）が新知七百石を忠之から与えられて、明治維新まで毛利家（母里家）は存続した。そして現代でも母里《ぼり》家は活躍している。さらに貴重な歴史的史料も残している。毛利但馬の画像・日本号の槍・甲冑なども現存し、母里家の長屋門が、福岡城公園に移築されて、保存されていることは、現代人として誇りとするところだ。

三大御家騒動で知られる伊達騒動・加賀騒動の一つに加えられている『黒田騒動』は、黒田忠之と福岡藩首席家老の栗山大膳利章《としあき》とが争いを起こしたことを伝えている。大膳は本稿で名が上がっている栗山備後守利安の嫡子である。備後は温厚篤実を絵に描いたような人物であり、母里太兵衛に生涯の師と謳われる男でもあった。そんな人物に大膳のようなトラブルメーカーが出来たのが不思議であるが、子供は、親と似つかわしくない場合もあるので、仕方がないことであろう。

忠之も出来が悪かったらしい。父親の長政が三男の長興を世子にと考えたというから、よほど忠之は長政の気を揉ませた子供であったに違いない。このとき大膳は親子の中に入って丸くおさめている。そのころ大膳は忠之の傅役《もりやく》であった。だから大膳は、ときとして忠之に恩着せがましいことも言ったのは違いない。忠之は次第に大膳が煙たい存在になってきたのである。忠之が慶長七年（一六〇二）十一月生まれ、大膳が天正十九年（一五九一）一月生まれなので十一歳も大膳が年上である。大膳が兄貴づらして威張ったかもしれない。両者が完全に仲違いをするのは、忠之に倉八十《くらはちじゅう》太夫《たゆう》という男色相手ができてからである。十太夫は次第に出世して家老までなった。そして評定などで大膳を非難することもあった。

それればかりではない、如水が生前に大膳の父・備後に与えた兜と鎧まで取り戻し、忠之はこれを十太夫に与えてしまったのである。大膳は激怒し、十太夫の屋敷に乗り込んで行き、兜と鎧を奪い返してしまったのである。そのうえで大膳は忠之を幕府に直訴して、黒田忠之は謀叛を企てていると申し出たのである。この訴えは事実無根であったが、大膳の行き過ぎた行跡は、福岡藩の総スカンを食った上で南部藩の南部山城守重直に預けられた。一方の黒田忠之は一時的に所領を召し上げられたが、如水・長政の功績により、すぐに所領は返却されている。忠之は、島原の乱で功績をあげている。

今回わかったことがあった。それは著作物というものは、編集者・図書館の職員・旧知の出版社などのみなさんと共同して書くものということである。今回は特に世話になっている。世話になると言えば、平成二十五年の年頭、筑前城郭研究会の園田武幸氏に出会うことができた。同氏は、ご丁寧に自動車で鷹取城を案内してくれて、あれこれと説明してくれた。これにはとても感謝している。

小生は書きたいと思う人物の古本などがよく目の前に出てきて、この人物は書いて欲しいことを願っていると思うことがよくある。園田氏と出会ったのも、母里太兵衛が、小生に「書け」と暗示しているとも感じた一時であった。最後になるが、本書の出版にあたり学陽書房編集部の安藤健司氏と同社のみなさんにお世話になったことを深謝しておきたい。

平成二十五年七月吉日

羽生道英

【主な参考文献】

『黒田武士　母里多兵衛』　本山一城著　本山プロダクション　平成九年
『黒田家譜　十六巻』　貝原益軒著　歴史図書社　昭和五十五年
『黒田記略　上中下三巻』　貝原益軒著　歴史図書社　昭和五十五年
『黒田家臣傳　上中下三巻』　貝原益軒著　歴史図書社　昭和五十五年
『母里家のこと』　麻生徹男著　昭和四十三年月
『博多に強くなろう②（母里太兵衛・筑前近世史研究会会長・対談・山内勝也）』
福岡シティ銀行編　葦書房　平成元年
『史伝　黒田如水』　安藤英男著　日貿出版社　昭和五十年
『黒田如水』　福本日南著　東亜堂書房　明治四十四年
『新史　黒田官兵衛』　高橋和島著　ＰＨＰ研究所　平成九年
『黒田如水傳』　金子堅太郎著　博文館　大正五年
『古郷物語　三巻』　作者不詳　不詳
『日本の戦史＝三～七巻』　旧参謀本部編纂　徳間書店　昭和四十年

『小田原合戦』　下山治久著　角川選書　平成八年
『日本史』　ルイス・フロイス著　松田毅一・川崎桃太訳　中央公論社　昭和五十四年
『軍師　黒田官兵衛』　野中信二著　学陽書房　平成二十五年
『古戦場』　佐藤春夫監修　人物往来社　昭和三十七年
『関ヶ原戦記』　柴田顕正編纂　岡崎市役所　昭和十一年
『織豊政権と江戸幕府』　池上裕子著　講談社　平成十四年
『実録　後藤又兵衛』　綿谷雪著　中央公論社　昭和五十六年
『福岡県の歴史（県史40）』（第二版）　川添昭二ほか五人著　山川出版社　平成二十二年

本書は、書き下ろし作品です。

人物文庫

小説《しょうせつ》　母里太兵衛《もりたへえ》

二〇一三年　八　月一六日［初版発行］
二〇一三年一二月　五　日［2刷発行］

著者――羽生道英《はぶみちひで》
発行者――佐久間重嘉
発行所――株式会社学陽書房
東京都千代田区飯田橋一-九-三　〒一〇二-〇〇七二
〈営業部〉電話＝〇三-三二六一-一一一一
ＦＡＸ＝〇三-五二一一-三三〇〇
〈編集部〉電話＝〇三-三二六一-一一一二
振替＝〇〇一七〇-四-八四二四〇

フォーマットデザイン――川畑博昭
印刷所――東光整版印刷株式会社
製本所――錦明印刷株式会社

ISBN978-4-313-75289-4 C0193

学陽書房**人物文庫**好評既刊

明石掃部
山元泰生

「われ、戦国の世を神のもとで」関ヶ原の戦い、大坂の陣で精強鉄砲隊を率い、強い信念のもと戦国乱世を火のように戦い、風のように奔りぬけたキリシタン武将の生涯を描いた長編小説。

島津家久と島津豊久
山元泰生

島津四兄弟の中でも寡兵で大敵を倒す稀なる才腕の持ち主であった戦さの天才島津家久。父の遺志を継ぎ関ヶ原合戦の敵中突破で名を上げた家久の嫡男島津豊久の豪然たる生涯を描いた長編小説。

片倉小十郎と伊達政宗
永岡慶之助

伊達政宗と己のすべてを主君の成長に捧げた片倉小十郎景綱の生涯。二階堂、蘆名、佐竹、上杉等各大名と戦い、秀吉、家康ら権力者と巧みにわたりあった戦国を代表する主従の生き様。

上杉謙信と直江兼続
永岡慶之助

数々の合戦で圧倒的強さを発揮した軍神上杉謙信。謙信の薫陶を受け、遺志を継ぎ上杉家隆昌のために激動の戦国を生きた智将直江兼続。毘沙門天の旗の下に駆け抜けた清冽なる生き様を描く。

真田昌幸と真田幸村
松永義弘

圧倒的な敵を前に人は一体何ができるのか？ 幾度の真田家存続の危機を乗り越える真田昌幸。知略と天才的用兵術で覇王家康を震撼させた真田幸村の激闘。戦国に輝く真田一族の矜持を描く。